희망라면 세 봉지

희망라면 세 봉지

1판 1쇄 발행 | 2006년 3월 5일
1판 2쇄 발행 | 2006년 4월 15일

지은이 | 김옥숙
펴낸이 | 정병철

펴낸곳 | 도서출판 휴먼하우스
출판등록 | 2004년 12월 17일 (제313-2004-000289호)
주소 | 121-841 서울시 마포구 서교동 448-38번지 한일빌딩 204호
전화 | 02) 324-4578
팩스 | 02) 324-4560
이메일 | humanpub@hanmail.net

ISBN 89-957003-2-7 03810

희망라면 세 봉지

김옥숙 지음

휴먼하우스

당신이 희망입니다
사랑입니다

그 아줌마가 식당에 일하러 오던 날을 기억합니다. 우아하고 기품 있는 중년 부인이어서 당연히 손님이라고 생각했습니다. 그런데 주방문을 열고 들어왔습니다. 그 아줌마는 암 투병 중인 남편이 아프기 전까지는 쇼핑을 하러 다니거나 분위기 있는 카페나 맛집을 찾아다니며 중년의 여유를 만끽하던 중산층 주부였습니다. 식당에 나오기까지 온갖 서러운 생각, 자기연민에 빠져 우울증을 앓을 정도였다고 했습니다. 아무런 희망이 없는데 아등바등 살아서 뭣하나 싶었다고 했습니다.

처음 식당 일을 나갔던 날, 허름한 식당 주방에 쭈그리고 앉아 죄지은 사람처럼 밥을 비벼먹는 순간 정신이 번쩍 들더라고 했습니다. 세 아이들 얼굴이 밥그릇 위로 떠오르더라고, 아이들과 먹고 살기 위해서는 도둑질 빼고는 다해야겠다는 생각이 들었다고 했습니다.

아줌마는 하루가 다르게 억척스럽게 변해갔습니다. 두 팔을 활짝 벌려 자기 생을 힘껏 보듬는 아줌마의 모습이 보기 좋았습니다. 희망을 되찾은 그녀의 눈빛은 달라 보였습니다. 자기의 생으로부터 결코 달아나지 않겠다는 굳은 의지가 엿보였습니다. 아이들이 아줌마의 희망이었습니다.

『희망라면 세 봉지』 속에 등장하는 사람들의 선한 눈빛이 떠오릅니다. 피아노 앞에서 행복해하던 언니, 텃밭에서 채소를 키우던 노인들, 어떤 힘든 일을 겪어도 늘 괜찮다, 괜찮다 하시던 어머니, 놀이터에서 만났던 처녀엄마, 삼만 원짜리 친구였다고 회한에 가득 찬 목소리로 이야기하던 친구, 오리를 키우던 할아버지, 한없이 인간을 사랑했으나 그 푸른 나이에 죽어간 젊고 아름다웠던 청년. 푸른 그늘을 아낌없이 내어주던 5백 년 된 느티나무를 닮은 그 사람들 덕분에 이 책이 세상에 나올 수 있었습니다.

희망이라는 말은 첫사랑처럼 아직도 가슴을 설레게 만듭니다. 희망은 가장 밑바닥, 절망의 거름 위에서 피어나는 눈부신 꽃 한 송이입니다. 희망은 인간에 대한, 그리고 이 세계에 대한 사랑입니다. 사랑 없는 희망은 껍데기 희망입니다.

오늘 하루는 내 생의 마지막 날처럼 가장 중요하고 특별한 하루입니다. 더 늦기 전에, 아주 늦어 버리기 전에 지금 내 곁에 있는 희망을 꼭 껴안아 주세요. 더 늦기 전에 지금.

노을빛이 스며드는 텃밭을 내려다보며 김옥숙

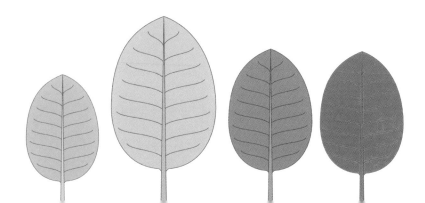

차　례

사랑해줘서 고마워요

아프게 해서 미안해요

당신이 있어 행복해요

희망의 손을 놓지 말아요!

살다보면 예기치 못했던 힘겨운 일들이 사나운 짐승처럼 우리를 덮칩니다. 넘어지고 부서지고 상처투성이가 될지라도 우리가 우리 스스로를 포기하지 않는다면 희망은 언제나 우리 곁에 있습니다. 벼랑 끝에도 꽃은 피어나듯이······.

아이라는 희망을 지키기 위하여 리어카를 끌고 있어도, 좌판에 앉아있어도 환하게 미소 짓는 세상의 위대한 엄마들이 있습니다. 당신이 희망입니다.

붕어빵 속에는
희망이 들어있다

붕어빵을 사러 온 그녀, **정희**

"어머, 너 영주 아니니? 너 영주 맞지?"

"사람 잘못 보셨어요. 그런 사람 아닌데요."

내가 아는 척을 하자 그녀는 외면을 하고 고개를 돌려버렸다. 내 손을 잡은 아이가 붕어빵을 사달라고 보채었다.

나는 굳이 영주가 아니라고 잡아떼는 그녀에게 더 아는 척을 하기가 뭣해서 붕어빵을 천 원어치 사고는 뒤돌아 나왔다. 아이에게 붕어빵을 주고 나도 한입 베어 물었지만 아무 맛도 느낄 수 없었다.

이 붕어빵을 사먹기 위해 두 시간을 걸었던 미련스런 중학교 시절이 있었다. 학교 앞에서 파는 붕어빵을 사먹고 싶었지만 엄마는 차비 이외에는 단 한 푼도 용돈을 주지 않았다.

영주는 읍내에서 가장 부잣집으로 손꼽히는 도자기 공장 사장님 딸이었다.

영주네 집에 따라가 본 적이 있었다. 그 시절에는 꿈도 꿀 수 없었던 피아노와 침대가 있는 으리으리한 영주의 방에서 나는 기가 있는 대로 죽었다. 고등학교 2학년 때 영주네는 서울로 이사를 갔다.

그리고 서울에서 영주를 만난 적이 딱 한 번 있었다. 나는 그때 간호조무사로 병원에 근무하고 있었고 영주는 멋쟁이 여대생이 되어 있었다. 진홍색 양피 재킷을 걸치고 가죽 부츠를 신은 영주는 눈이 부실 정도로 아름다웠다.

나는 아직도 15년째 병원에 다니고 있다. 간호대학을 못 나온 탓에 만년 간호조무사지만 나는 내 일을 사랑한다.

퇴근을 할 때마다 붕어빵을 굽는 포장마차 앞을 지나게 된다. 그 붕어빵 집에서 허름한 차림으로 붕어빵을 굽고 있는 그녀를 볼 때마다 영주가 떠오른다. 아무리 세월이 변했지만 영주라는 것을 한눈에 알아볼 수 있었는데 그녀는 영주가 아니라고 딱 잡아떼었다.

붕어빵을 좋아하는 아이 때문에 오늘도 퇴근을 하면서 붕어빵을 사러 들렀다. 붕어빵을 뒤집고 있는 그녀의 얼굴을 자세히 보니 목덜미 쪽에 검은 점이 보였다. 영주가 분명했다.

세상에 영주가 어떻게 붕어빵 굽는 아줌마가 되어 나타났을까.

어릴 적 영주는 세상에서 제일 행복한 소공녀 같았는데, 아무리 '인생지사 새옹지마' 라지만 사람의 일은 알다가도 모를 일이다.

언제까지 영주는 자신이 영주가 아니라고 시치미를 잡아뗄 것인가. 영주가 나를 모른 척 하는데 나도 그녀를 모른 척 해야 되는 것일까.

붕어빵을 굽는 그녀, **영주**

정희가 분명했다. 아무리 세상이 넓고도 좁다지만 이 넓고 사람 많은 서울에서 하필이면 정희가 사는 아파트 앞에서 붕어빵을 굽게 되었을까.

대학 3학년 무렵 아버지가 부도를 맞는 바람에 나는 학교를 그만 두었다. 집은 경매로 넘어가고 아버지마저 쓰러진 상황에서 나는 돈이 될 만한 일이라면 무엇이든 해야 했다. 많은 돈을 벌 수 있다는 유혹에 빠져 맥줏집에서 아르바이트를 시작했다. 세상물정을 몰랐던 나는 그것이 단순한 아르바이트인줄 알았다. 그것이 수렁 속으로 발을 내딛는 일이라는 것을 그때는 몰랐다.

하루가 다르게 유흥과 환락의 세계에 빠져든 나는 생활이 쪼들리게 되면서 사채를 빌려 쓰기 시작했다. 그러자 빚은 순식간에 눈덩이처럼 불어났다.

진흙탕 속에 빠져 허우적거리는 나에게 손을 내밀어준 사람이 지금의 남편이었다. 나는 마지막이라고 생각하고 그의 손을 움켜쥐었다. 그는 막노동을 하며 평생 모은 돈을 나의 빚을 갚아주는 데 다 써버렸다.

단칸방에서 신혼살림을 시작했지만 우리는 행복했다. 그러나 그 행복은 오래가지 않았다. 아침에 잘 다녀올게, 하고 집을 나섰던 그가 공사 현장인 아파트 7층에서 추락하고 말았다. 천만다행으로 목숨은 건졌으나 척추를 크게 다친 남편은 하반신이 마비되어 버렸다. 그 세월이 벌써 9년째 이르고 있다.

오늘도 정희가 붕어빵을 사러왔다. 정희가 이제 나에게 말을 어정쩡하게 높인다. 나도 못할 노릇이다. 왜 나는 정희에게 내가 영주라고 실토를 못하는가. 이렇게 된 마당에 아직도 내세울 자존심이 남아있단 말인가. 아직 생의 가장 밑바닥에 내려가 보지 못했단 말인가.

방문을 열어보니 아이는 숙제를 하다 말았는지 일기장을 그대로 펴놓고 잠이 들어있다. 나는 아이의 이불을 덮어준다. 남편이 나를 애잔한 눈빛으로 바라본다.

"날씨 꽤 춥지? 나 때문에 당신이 고생이 많네."

"괜찮아요."

"여보, 우리 아름이가 쓴 일기 한번 봐. 우리 아름이 생각이 얼마나 대견한지 모르겠어. 당신, 딸 하나는 잘 키워 놓은 거 같아."

"일기장요?"

12월 5일 월요일 날씨 맑음

세상에서 제일 이쁜 우리 엄마는 붕어빵을 굽는다. 아빠가 아파서 일하러 못 나가시기 때문이다.

추운 데서 입김을 호호 내뿜으며 붕어빵을 굽는 우리 엄마. 빨리 내가 자라 돈을 많이 벌어서 우리 엄마에게 빵가게를 사드려야겠다. 하루 종일 빵을 구워도 춥지 않은 그런 빵가게에서 엄마가 빵을 구우면 얼마나 좋을까?

엄마, 힘내세요. 제가 자라 나중에 빵가게 사드릴게요.

엄마가 굽고 있는 붕어빵 속에 뭐가 들어있는 줄 아세요? 이건 하느님이 저한테 살짝 가르쳐준 건데요, 엄마한테도 특별히 가르쳐드릴게요. 그건 바로 희망이에요, 희망! 엄마는 희망을 구워서 사람들에게 나눠주고 있는 거예요.

눈물이 핑 돈다. 희망! 붕어빵 속에는 희망이 들어있다는 아름이의 깜찍한 말이 가슴을 뭉클하게 만든다. 왜 나는 그런 생각을 단한 번도 하지 못했을까. 마지못해 어쩔 수 없이 붕어빵을 굽는다는 것과 우리 가족의 희망을 위해 붕어빵을 굽는다는 것은 하늘과 땅

차이인데…….

먹고 살기 위하여 붕어빵을 굽는 게 뭐가 부끄럽단 말인가. 아름이가 알려준 것처럼 내가 굽는 것이 단순히 붕어빵이 아니라 희망을 굽는 것이라면? 붕어빵 속에는 희망이 들어 있다면? 정희에게 내가 영주가 아니라고 잡아 뗀 나는 아이에게 정녕 부끄럽지 않은 엄마인가? 아름아, 너는 나의 희망이구나.

정희가 또 아이의 손을 잡고 붕어빵을 사러 온다.
"안녕하세요?"
나는 순간 망설인다.
"야, 임정희! 너는 친구한테도 안녕하세요? 이렇게 인사하니? 그래, 안녕하다."
정희가 멍한 표정을 짓고 있다가 잠시 뒤 배를 쥐고 깔깔 웃는다. 나도 정희를 따라 웃음을 터뜨린다. 참으로 오랜만에 마음 놓고 웃어보는 것 같다.

 추운 데서 붕어빵을 굽는 엄마에게 붕어빵 속에는 희망이 들어있다고 말해주는 아이. 아이라는 희망을 지키기 위하여 리어카를 끌고 있어도, 좌판에 앉아있어도 환하게 미소 짓는 세상의 위대한 엄마들이 있습니다. 당신이 희망입니다.

희망부적

　　　오랫동안 실업자였던 그는 며칠 전부터 도로 변 화분에 꽃을 심는 공공근로를 하고 있었다.

화분 안에 심겨진 팬지가 노랑나비처럼 봄바람에 팔랑거렸다. 보도블록 틈 사이로, 무수한 행인들의 발걸음 속에서도 살아남은 노란 민들레가 얼굴을 내밀고 있었다. 그 생명력에 그는 놀라움을 금치 못했다.

잠시 휴식 시간이 주어지자 그는 지갑 속에서 뭔가를 꺼내보며 빙그레 미소를 지었다.

"자네, 그게 뭔가?"

동료인 김씨가 그의 어깨를 툭 치며 물었다.

"부적이네."

"부적? 부적이 뭐 그래? 그냥 흰 종이쪽지구먼."

그 흰 종이쪽지는 누가 뭐래도 그에게는 세상에 단 하나밖에 없는 효과 만점인 희망부적이었다.

그는 종이쪽지를 접어 다시 지갑 속에 집어넣으며 생각에 젖어들었다. 석 달 전의 일이었다.

"나가! 이제 당신 얼굴도 보기 싫어!"

소파에 앉아 하릴없이 비디오를 보고 있던 그에게 퇴근한 아내는 쿠션을 집어던졌다. 그는 아내의 눈치를 살피며 텔레비전을 끈 다음 소파에서 일어났다.

아내는 날이 갈수록 사나워지고 있었다. 그가 7개월 전에 실직을 한 다음부터 그를 대하는 아내의 태도는 급속도로 달라졌다.

그는 이리저리 일자리를 알아보러 다녔으나 청년 실업자도 수두룩한 판국에 쉰 줄에 가까운 그를 써주겠다는 곳은 어디에도 없었다.

중학교와 고등학교에 다니는 두 아이의 학비를 벌기 위해 아내는 식당에서 하루 열두 시간이나 설거지를 하고 있었다. 그동안 험한 일이라곤 한 번도 해보지 않았던 아내의 짜증은 날이 갈수록 늘어갔고, 퇴근만 하면 그에게 신경질을 부리곤 했다. 두 아이의 학비와 학원비를 줄일 수도 없는 일이었고 아직 아파트 대출금도 다 갚지 못한 터였다.

"첫째야, 오늘이 아버지 제삿날인데 올 수 있겠나?"

아침에 시골에 계신 어머니에게서 전화가 왔을 때 그는 한숨이 나오는 것을 감출 수 없었다. 이 시간 아내는 식당에서 산더미처럼 쌓인 접시를 닦고 있을 것이다. 아내에게 제사를 지내러 가자는 전화를 하려다가 그는 수화기를 도로 내려놓았다.

시골집 대문 앞에는 그와는 10년 터울인 동생의 벤츠가 주차되어 있었다. 벤츠 옆에 주차된 그의 오래된 승용차는 칠이 벗겨지고 군데군데 흠집이 나있어 아주 초라해 보였다.

"온다고 욕 많이 봤데이."

어머니가 그의 손을 잡고 애잔한 눈빛으로 올려다보았다.

어머니를 볼 때마다 그는 마음이 쓰리고 아팠다. 작은아들은 잘나가는 변호사인데 맏이가 실업자 신세를 못 면하고 있다는 자격지심으로 고개를 들 수가 없었다.

그는 묵묵히 지방을 쓰고 제사상에 제수를 진설했다. 절을 끝내고 나서는 동생과 음복을 했다. 아주 쓸쓸하고 조용한 제삿날 풍경이었다.

동생과 어색하게 앉아 있는 것이 불편해 그는 자리에서 일찍 일어섰다. 다음 날 출근할 것도 아니면서 그는 붙잡는 어머니의 손을 뿌리치고 시골집을 나섰다. 어머니는 어둠 속에서 오랫동안 그에게 손을 흔들었다.

한참 어둠 속을 달리던 그는 한 손으로 양복 주머니 속의 담배를 찾았다. 그런데 주머니 속에서는 담배 대신 꽤 두툼한 봉투가 나왔다.

그는 차를 갓길에 세우고 봉투를 열어보았다. 봉투 속에는 꼬깃꼬깃한 지폐 뭉치와 편지 한 장이 들어 있었다. 그는 실내등을 켜고 편지를 들여다보며 고개를 갸웃거렸다.

첫째야

우야던동 히물 일지 말거래이. 이 에미는 니만 잘 데라꼬 조상님 전에 빌고 또 빈다. 누가 뭐라케도 니는 내한테 시상에서 질로 귀한 아들이다. 어깨를 피거래이.

소기 탄다꼬 담배 너무 피지 말고 힘들 때일수록 모믈 잘 건사하거래이. 울매 안 되지만 이 돈으로 식구들하고 맛난 것도 한 번 사 머거라.

살다보마 해가 뜨는 날도 있고 바람 부는 날도 있는 기다. 눈보라 치는 날도 있고 말이다.

지금은 추븐 겨울이지만 쪼매마 이쓰마 니한테도 꼬치 피는 보미 꼭 올 끼다. 내는 우리 아들을 믿는다.

이 에미가 아들한테 이 말 한마디는 꼭 하고 시프다.

사랑한데이! 우리 아들.

늘근 에미가 쓴다

24

글씨라기보다 괴발개발 그린 그림에 가까운 어머니의 편지는 소리 나는 대로 쓰는 바람에 맞춤법이 엉망이었다. 학교 문 앞에도 못 가본 어머니는 글자를 읽지도 쓰지도 못하는 분이었다. 그런 어머니가 실의에 빠져 있는 맏아들을 위하여 일흔이나 된 연세에 힘들게 글자를 배웠던 모양이었다.

그는 가슴이 먹먹해져 숨을 깊이 들이쉬었다. 명치께에 아릿한 통증이 왔다.

잠시 생각에 젖어있던 그는 어머니의 편지를 정성스레 접었다. 그리고는 편지를 지갑에 넣어 양복 안주머니 속에 넣었다. 사랑한데이, 하는 어머니의 정겨운 음성이 그의 쓰라린 가슴을 가만가만 쓰다듬어 주는 것만 같았다.

세상에 단 하나밖에 없는 희망부적을 가슴에 품은 그는 운전대를 잡고 어깨를 쫙 펴보았다. 밤의 고속도로를 달리는 그의 앞에서 어둠이 검은 물살처럼 갈라지고 있었다.

 지갑 속에 꽂혀있는, 핸드폰 액정 속에 담겨있는 저마다의 사진들을 보면 아, 누구나 희망부적 하나쯤 가지고 있구나 하는 생각이 듭니다. 어머니의 삐뚤삐뚤한 편지 한 장, 당신을 믿는다는 그 한마디, 해맑은 아이들의 웃음소리, 사랑하는 사람의 따스한 말 한마디, 우리들의 희망부적입니다.

말 한마디의 힘

한 남자아이가 극도의 열등감에 빠져 있었다. 국어시간에 있었던 일 때문이었다. 국어시간에 선생님이 아이에게 책을 읽어보라고 했다. 아이는 책을 읽으려다 한 여자아이와 눈이 빤히 마주쳤다. 그 여자아이는 남자아이가 아무도 모르게 속으로만 좋아하던 아이였다. 긴장한 남자아이의 눈에는 글자가 제대로 들어오지 않았다. 남자아이가 더듬더듬 글자를 읽기 시작했다.

"너, 책 읽는 게 왜 그 모양이냐. 사내자식이 벙어리처럼 버벅거리고, 그렇게 자신감이 없어서 커서 뭐가 될래?"

"와하하하! 벙어리래, 벙어리."

아이들이 책상을 치며 웃었다. 아이는 그 자리에서 그만 사라지고 싶은 기분이었다. 속으로 좋아하던 여자아이 앞에서 망신을 당한 일은 어린 마음에 큰 상처가 되었다. 그때부터 아이는 말수가 적어지고 친구들과 어울리지도 않았다.

그 일이 있고 2년이 지나 아이는 5학년이 되었다. 아이는 여전히 말이 없고 시무룩한 표정을 하고 다녔다.

그러던 어느 날, 청소를 하다가 담임선생님이 옆 반 여선생님과 하는 이야기를 듣게 되었다.

"김 선생님, 이것 좀 봐요. 우리 반 명훈이가 쓴 일기인데요. 어떻게 초등학교 5학년 학생이 이렇게 글을 잘 쓸 수 있을까요?"

아이는 빗자루로 교실 바닥을 쓸다가 멈칫했다.

"난 잘 모르겠는데, 이게 그렇게 잘 쓴 거예요?"

"아마 명훈이는 문학에 천부적인 소질이 있나 봐요. 소에 대해 이토록 아름답게 묘사한 글을 한 번도 보지 못했어요. 소가 풀을 썩둑 썩둑 뜯어먹는 소리는 마치 파도소리 같다느니, 나무가 무성하게 우거진 숲을 바람이 급하게 빠져나오는 소리 같다느니 하는 이런 표현 멋있지 않나요? 틀림없이 명훈이는 커서 훌륭한 작가가 될 거예요."

아이는 동굴같이 캄캄하던 자신의 마음속에 환한 불이 반짝 켜지는 것 같았다. 처음으로 선생님께 들어본 칭찬의 말 한마디가 아이의 마음속에 들어있던 어둠을 일시에 몰아내었다. 그날은 캄캄하던 아이의 마음속에 꿈 하나가 환하게 켜진 날이었다.

아이는 그때부터 닥치는 대로 책을 읽기 시작했다. 무엇인가를 일기장에 끊임없이 쓰고 지우고 하는 아이의 눈빛은 점점 깊어지고 있었다.

20년 뒤 아이는 신문사에서 주최하는 문학상 현상공모에 소설이 당선되자 수상 소감을 이렇게 밝혔다.

"말 한마디가 천국을 만들기도 하고 지옥을 만들기도 합니다. 세상에서 제일 못난 놈이라고 주눅 들어 있던 한 아이에게 일기를 잘 쓴다고 칭찬해주신 분이 계셨습니다. 못난 제자에게 아낌없이 칭찬을 하셨던 선생님의 말 한마디가 저를 이 자리에 오게 했습니다. 선생님의 칭찬 한마디가 저라는 작품을 만들었습니다."

 의기소침하고 주눅이 들어있는 이에게 칭찬의 말 한마디를 건네 보세요. 칭찬은 산삼 못지않은 영혼의 보약입니다. 시든 꽃이 물을 주면 생기를 머금고 피어나듯이 한 사람의 영혼이 반짝 반짝거리게 될 거예요.

희망라면 세 봉지

"엄마, 라면 먹고 싶어."

"안 돼! 엄만 지금 돈이 없어. 몸도 아프단 말이야."

"그래도 먹고 싶어. 배고프단 말야."

끝내 작은아이가 울음을 터뜨렸다. 불기도 없는 지하방은 싸늘했다. 엄마는 몸이 아파 식당에 못 나간 지 열흘이나 되었다. 다섯 살먹은 동생이 라면이 먹고 싶다고 울먹이자 일곱 살 먹은 형이 혼내고 있었다.

엄마가 일하러 나가면 두 아이는 하루 종일 불기도 없는 싸늘한지하 셋방에서 텔레비전에 눈을 박고 있어야 했다. 밤 열시가 넘어물먹은 솜처럼 피곤한 몸으로 엄마가 지하방의 문을 밀치고 들어오면 퀴퀴한 냄새가 먼저 달려들었다. 두 아이는 이불도 덮지 않고 어

린 짐승처럼 웅크리고 잠들어 있었다. 아이들의 머리맡에는 과자
봉지가 나뒹굴고 김치와 밥풀이 말라붙은 그릇에는 개미가 가득 달
라붙어 오글거리고 있었다.

"엄마! 라면 먹고 싶어."

작은아이가 죽은 듯이 누워 있는 엄마의 팔을 잡아당기며 또다시
칭얼거렸다.

"시끄럽대두!"

큰아이가 작은아이의 머리를 한 대 쥐어박았다. 눈물이 그렁그렁
한 작은아이가 또다시 울음보를 터뜨렸다. 눈물 콧물이 범벅이 되어
꺽꺽 숨이 넘어갈 정도로 우는 작은아이는 유난히 라면을 좋아했다.

그러고 보니 점심때가 한참 지나 있었다. 어제 저녁부터 굶은 저
어린 것이 얼마나 배가 고플까 하는 생각이 들었지만 엄마는 몸을
일으킬 기력조차 없었다.

텔레비전 밑에는 배가 찢어진 돼지 저금통이 나뒹굴고 있었다.
과자를 사달라고 조르는 아이들에게 돼지저금통의 마지막 남은 동
전까지 탈탈 털어 과자와 우유를 사준 것이 이틀 전이었다.

엄마는 힘없는 눈으로 두 아이를 쳐다보았다. 심장이 갈가리 찢
겨져 가슴속에 흥건하게 고인 피가 목까지 차오르는 것만 같았다.

식당에서 허드렛일을 하며 하루 벌어 하루 먹고 살아가는 처지여
서 수중에는 돈 한 푼 남아있지 않았다. 엄마는 전화기를 쳐다보았

지만 선뜻 수화기를 들 수가 없었다. 더 이상 돈을 빌릴 곳도 빌려 줄 사람도 없었다. 길거리에 나가서 구걸이라도 할 상황이었다.

엄마는 힘들게 몸을 일으켰다.

"민호야, 라면 먹고 싶니?"

"응."

아이가 눈물이 그렁그렁한 눈으로 고개를 끄덕였다. 엄마는 억장이 막혀와 아이의 얼굴을 잠시 외면했다.

"엄마가 돈 벌면 라면 사줄게. 엄마가 너무 미안해. 이리와."

엄마는 힘없이 팔을 벌렸다. 두 아이가 다가와 팔에 안겼다. 엄마의 볼을 타고 눈물이 쉴 새 없이 흘러내렸다. 벼랑 끝에서 세찬 비바람을 맞고 서 있는 기분이었다. 두 아이를 꽉 껴안고 서 있는 벼랑 아래로 무수한 돌덩이가 아득하게 떨어져 내리는 것만 같았다.

먹을 것이 넘쳐나 다이어트를 한다고 난리법석인 세상에서 돈이 없어 아이들을 굶기는 어미가 세상에 어디 있을까. 어쩌다가 이 지경까지 와버렸는지 막막하기 짝이 없었다.

그때 문을 두드리는 소리가 들렸다. 큰아이가 방문을 열었다. 주인집의 일곱 살 먹은 딸아이였다. 아이의 손에는 라면 세 봉지가 쥐어져 있었다.

"아줌마, 이거."

주인집 딸아이가 엄마에게 라면을 불쑥 내밀었다.

"와! 라면이다."

"민호가 라면 먹고 싶대서 갖고 왔어요."

엄마는 기가 막혀 말이 나오지 않았다. 아이가 가지고 온 라면을 받아야 하나 말아야 하나 싶어 망설이다가 입을 열었다.

"이 라면, 엄마 몰래 가져온 거니?"

"엄마가 갖다 줘도 된댔어요."

"민호가 라면 먹고 싶단 거 어떻게 알았어?"

"아까 밖에서 민호 우는 거 들었어요. 우리 유치원 선생님이 그랬어요. 콩 한 쪽도 나눠 먹을 줄 알아야 한다고. 우리 집에 라면 무지 많아요."

"고맙다, 은지야. 담에 아줌마가 돈 많이 벌면 은지 맛있는 거 사줄게."

엄마는 힘들게 몸을 일으켜 부엌으로 갔다. 그래, 이 라면 세 봉지로 다시 기운을 내고 일어서 보자. 엄마는 냄비에 물을 받아 희망 라면을 보글보글 끓였다. 엄마의 눈물 한 방울이 라면 냄비 속으로 툭 떨어졌다.

 어렸을 적 어머니께서 끓여주시던 라면이 생각납니다. 라면 두 봉지를 넣고 국수를 같이 넣어 끓인, 국물이 더 많던 라면을 여덟 식구가 맛있게 나눠먹었습니다. 어머니는 희망을 부풀리는 사람입니다.

30년 전의 약속

　　학교 운동장에는 마른 풀들이 무성하고 교문
은 녹이 슨 채 닫혀져 있었다. 교문 앞에 선 그는 운동장을 한참 휘
둘러보다가 아름드리 플라타너스 나무 밑으로 다가갔다.

　30년 전 선생님의 목소리가 들려오는 듯했다. 그는 30년 전의 약
속 때문에 해외 출장을 나갔다가 일정을 하루 앞당겨 돌아왔다. 30
년 전의 그 약속을 그는 단 한 번도 잊어본 적이 없었다. 사업에 실
패하고 힘든 일을 겪을 때마다 그 약속을 생각하며 다시 일어서곤
했다.

　30년 전 담임선생님은 졸업식을 마치고 교실에 아이들을 앉혀놓
고 말씀하셨다.

　"30년 후 오늘 이 시간, 지금 시간이 12시 정각이구나. 정각 12시

에 너희들을 저 운동장의 제일 큰 플라타너스 나무 밑에서 만나고 싶구나. 나는 너희들을 모두 저 자리에서 만나고 싶다. 너희들이 어디에서 무엇이 되어 살고 있건 간에 30년 뒤에 꼭 저 자리에 나와서 내 손을 잡아주었으면 좋겠다. 너희들은, 언제나 30년 뒤의 자신을 생각하면서 꿈을 이루는 사람들이 되어주면 좋겠다. 저기 저 플라타너스 나무가 너희들의 꿈을 상징하는 나무가 되었으면 하는 바람이다. 다들 30년 뒤에 저 나무 밑으로 나와 줄 수 있겠지?"

"네!"

아이들은 우렁찬 목소리로 대답했다.

그는 초조하게 시계를 내려다보았다. 아직 약속 시간이 남아서인지 교문을 들어서는 친구들이 없었다. 과연 친구들과 선생님이 이 자리에 나와 줄 수 있을까.

얼마 후 허름한 옷을 입은 남자 하나가 헐레벌떡 뛰어왔다. 그의 옷차림은 지금 막 밭일을 하다가 온 사람처럼 보였다. 그는 이렇게 제 시간에 맞춰 와준 친구가 있다는 것만으로도 기뻤다.

"너, 철호지? 윤철호!"

"그래 맞다. 너는 정…수, 한정수?"

"그래, 정수다."

"어떻게 나를 단번에 알아보네?"

"그 보조개 보고 알아 봤지. 어릴 때 모습이

34

많이 남아 있네. 보조개 때문에 너 선생님들한테 귀여움 많이 받았잖아. 그래, 지금 뭐하고 지내?"

"나는 고향에 남아 이렇게 농사짓고 있다. 지금도 하우스에서 일하다가 뛰어왔어. 지난해부터 딸기 농살 짓기 시작했는데 여간 손이 가는 게 아니네. 근데 정수 너, 근사해 보인다. 출세했구나."

"출세는 무슨. 한데 왜 아직 이 친구들이 안 오는 거지?"

그의 말이 떨어지기가 무섭게 열려진 교문을 통해 약속이라도 한 것처럼 일곱 대가 넘는 차들이 줄지어 들어오기 시작했다.

차 문을 열고 나온 사람들의 표정에는 한결같이 중장년 특유의 여유로움이 묻어있었다. 여자 동창생들도 다섯 명이나 보여 그는 소년처럼 가슴이 설레었다. 어릴 적 얼굴과 이름이 용케 기억이 났는지 친구들은 떠들썩하게 악수를 하고 서로 포옹을 하면서 반가움을 표시했다.

그때 갑자기 앰뷸런스 소리가 들려왔다. 친구들은 의아한 표정을 지으며 교문 쪽을 쳐다보았다. 앰뷸런스 한 대가 교문을 통과하고 있었다. 플라타너스 앞으로 다가온 앰뷸런스의 문이 열리자 한 노인이 들것에 실려 나왔다.

"선생님!"

사람들의 입에서는 탄성과 신음이 터져 나왔다. 들것에 실려 나와 잔디밭에 눕혀진 노인은 바로 30년 전의 담임선생님이었다.

휠체어에 앉혀진 늙은 선생님은 둘러싼 제자들의 손을 일일이 잡으며 고개를 끄덕였다. 선생님이 숨을 거칠게 몰아쉬며 입을 열었다.

"내가 인생을 그래도 헛살지 않았다는 생각이 드는구나. 30년 전에 너희들에게 그 말을 하면서, 이 중에 단 한 명이라도 나올 수 있을까, 하고 생각했다."

선생님이 힘겹게 말을 마치자 그가 선생님 앞에 무릎을 꿇고 말했다.

"선생님! 선생님께서 해주신 그 말씀이 저에겐 나침반이 되었습니다. 30년 뒤 친구들과 선생님 앞에 떳떳하게 나서고 싶다는 소망 하나가 몇 번이나 넘어진 저를 일으켜 세워 주었습니다. 선생님께서는 정말 최고로 멋진 선생님이십니다."

"그래, 고맙구나."

선생님을 둘러싼 제자들이 오랫동안 박수를 쳤다. 가장 늦게 도착한 제자 한 사람이 붉은 카네이션 한 다발을 들고 운동장을 가로질러 오고 있었다.

 못다 한 약속은 없나요? 누군가를 한없이 기다리게 만들진 않았나요? 나 자신에게 한 약속이라든지, 초등학교 때 선생님을 찾아뵙겠다고 한 약속이라든지, 아이와 놀아주기로 한 약속이라든지, 지금이라도 기다리는 그 사람에게 달려가 손을 꼭 잡아주세요.

열 개의 우물

그가 열 번째로 선택한 직업은 택시 운전이었다. 택시 운전을 하기 전 그는 감자탕집을 운영했다. 처음에는 장사가 제법 잘 되는가 싶더니 똑같은 감자탕집이 건너편에 들어서자 손님들은 약속이나 한 듯이 새로 생긴 집으로 몰려가 버렸다. 감자탕집을 처분하고 나자 그에게는 오천만 원의 빚만 남게 되었다.

"어서 오십시오. 어디로 모실까요?"

선한 인상을 한 50대 초반의 남자가 택시에 올라탔다.

"고려예식장 네거리에 있는 제주횟집 앞으로 가주세요."

그는 기분이 내키면 손님들에게 이런저런 말을 붙이며 운전하기를 좋아했다. 처음 보는 손님과 밀폐된 공간에 답답하게 앉아서 목적지까지 가는 것보다 세상 돌아가는 이야기를 나누며 가는 편이 훨씬 좋았다.

"좋은 약속이 있으신가 봅니다."

"네, 동창회에 나갑니다. 이제 일곱 번째 모임인데 한 열 명 정도 모입니다. 초등학교 친구들이 이제 50대가 되어 있는 걸 보면 참 감개무량하고 세월이 이토록 많이 흘렀나 싶어요."

손님의 말을 듣고 보니 얼마 전 동창회에 참가하라는 연락이 왔었다는 기억이 났다. 번듯한 명함 하나 내밀 수 없는 자신의 처지가 한심스럽기 짝이 없었다.

그는 10년 동안 거의 1년에 한 번꼴로 회사를 때려치우거나 새로운 사업을 벌였다.

처음에는 전도유망한 대기업의 신입사원으로 입사했었다. 그러다가 벤처 열풍에 휘말려 작은 벤처회사를 차렸지만 큰 손해만 입고 말았다. 그 후 학원 강사, 보험설계사, 출판사 영업 사원, 차 판매 사원 등 그가 거친 직업은 열 손가락이 모자랄 지경이었다. 마지막으로 감자탕집이 망하고 나서는 부모님께 손을 벌릴 처지도 못되어 택시 운전대를 잡게 된 것이었다.

"손님, 실은 저도 동창회 나오라는 연락을 받았는데, 겨우 택시 운전이나 하는 꼴을 보이기 싫어서 안 나가려고 마음먹었습니다."

"택시 운전이 어때서 그러십니까? 자기 직업에 대해 자부심을 가져야지요."

"그건 성인군자들 말씀이나 교과서에 나오는 말이구요. 공무원이나 대기업 사원도 아니고, 택시 운전에 무슨 자부심을 가질 게 있나요?"

"기사님 말씀도 맞겠지만, 그럼 하나 물어봐도 실례가 안 될지 모르겠습니다. 기사님은 택시 모신지 얼마나 되셨습니까?"

"두 달 되었습니다."

"두 달이라……."

"왜 그러십니까?"

"내 꿈은 제과점 주인이 되는 것이었습니다. 나는 대통령과 비교해도 내 일이 하찮다고 생각지 않습니다. 나는 노점에서 풀빵 장사를 시작해 10년째 되던 해 제과점을 차렸지요. 빵을 구운 지 28년째에 접어듭니다. 자랑 같지만 5년 전에 제과기능장이 되었지요."

그는 입을 다물고 말았다. 자신이 10년 동안 파헤치다 말았던 우물터에는 잡초만 무성하게 자라고 있다는 생각이 들었다.

"한 가지 일을 10년 동안 줄기차게 즐거운 마음으로 한다면 언젠가는 우물 속에서 시원한 지하수가 콸콸 쏟아집니다. 단, 10년 동안 말입니다!"

제주횟집 앞에서 내리던 손님이 해준 말이 돌에 새겨지듯 그의 가슴에 깊이 새겨지고 있었다. 그는 운전대를 꽉 잡고 새로운 운명을 발견한 사람처럼 앞을 뚫어져라 주시하고 있었다.

아주 오랫동안 육지를 보지 못한다는 각오가 없이는 새로운 땅을 발견할 수 없다고 앙드레 지드는 말했습니다. 한 가지 일을 10년 동안 열심히 해 보세요. 한 우물을 10년 동안 열심히 파다보면 당신이 원하는 사람이 되어 있을 거예요.

희망은
절망의 거름 위에서
피는 꽃이다

어린 시절 그의 꿈은 화가였다. 그림에 타고난 소질이 있었던 그는 틈만 나면 그림을 그렸다. 강가에 소를 먹이러 가면 그는 친구들과 어울려 놀지도 않고 백사장에 주저앉아 그림을 그렸다. 백사장은 세상에서 가장 큰 도화지가 되어주었다. 그의 집은 너무도 가난했기 때문에 도화지나 크레파스가 항상 부족했다.

아버지는 그림을 붙들고 있는 그를 보면 혀를 찼다.

"인석아, 환쟁이가 되면 돈이 나와, 밥이 나와? 당장 때려치우지 못해!"

그가 그림을 그리고 있으면 술에 취한 아버지는 그림을 찢어버리거나 물감을 집어던져 버렸다. 아버지는 그가 그림을 잘 그려 상을 받아와도 본 척도 하지 않았다. 그림 때문에 아버지한테 꾸지람을 들으면 들을수록 그림에 대한 소년의 열망은 더 커져 갔다.

그는 밀레의 그림을 특히 좋아했다. 밀레의 '만종'이나 '이삭줍기'를 보고 있으면 가슴속에 희망이 차오르는 것 같았다. 아직 너는 가난한 농사꾼의 아들이고 물감도 마음대로 못 사지만 넌 잘 해낼 수 있을 거야, 하고 밀레의 그림이 그를 격려해주는 것 같았다. 누군가 자신이 그린 그림을 쳐다보면서 희망을 얻게 된다면 얼마나 좋을까, 하고 그는 생각했다.

그는 미술대학에 들어가고 싶었으나 가난한 집안 형편으로는 꿈도 꿀 수 없었다. 공고를 졸업하고 군에 갔다온 그는 금형 공장에서 일하면서 퇴근 후에는 그림을 그렸다. 꽤 이름난 화가인 윤 화백의 미술 학원에 등록해 데생부터 다시 배워나갔다. 그의 그림에 강인한 생명력과 힘이 있다고 스승인 윤 화백이 그를 칭찬해 주었다. 그림을 다시 그리게 되면서 그는 힘든 공장 생활도 즐거운 마음으로 할 수 있었다.

수능시험을 며칠 앞둔 11월의 어느 날, 그는 그만 프레스에 오른손이 잘리는 끔찍한 사고를 당하고 말았다. 그는 오른손이 잘렸다는 사실보다 그림을 그릴 수 없다는 사실에 더 크게 절망했다. 운명은 단 한 번도 자신의 편이 아니라는 생각이 들었다.

병원에서 퇴원하던 날, 그는 그동안 그린 그림과 화구들을 몽땅 불태워 버렸다. 활활 타오르는 불길 속에서 자신의 꿈과 희망이 재로 변하고 있었다. 자신을 지금껏 지탱해준 것은 화가가 되고야 말 겠다는 꿈이었다. 그런데 오른손이 잘려 그림을 그릴 수가 없게 되자 그는 자신이 이 세상에 존재할 의미조차 없는 사람인 것만 같았다. 이제 그에게 남은 것은 절망뿐이었다.

하루하루를 절망 속에서 보내던 그에게 어느 날 소포가 배달되어 왔다. 그 소포 안에는 도화지 크기의 그림 액자 하나와 편지 한 장이 들어있었다. 액자 속의 그림은 발가락에 붓이 끼워진 이상한 그림이었다.

친애하는 K군에게

이렇게 불쑥 낯선 사람에게 편지를 받게 되어 당황하셨으리라 짐작합니다.

지금 K군이 얼마나 절망스러울지 잘 알고 있습니다. K군의 스승 윤 화백에게 K군 이야기를 자주 들었습니다. K군이 얼마나 재능 있는 청년인지, 얼마나 그림에 열정을 가진 사람인지 윤 화백의 이야기를 듣고 있노라면 입이 다물어지지 않을 정도였습니다.

나는 윤 화백의 친구인 구족화가 백중서입니다. K군도 이름을 들어봤는지 모르겠습니다.

K군, 오른손을 잃어버렸다고 해서 세상이 다 끝난 것은 아닙니

다. 오른손이 없다고 해서 왼손이 사라진 것은 아니며 또 양손이 없다고 해서 발이 없는 것은 아닙니다. 그리고 발가락이 없다고 해서 입이 없는 것은 아닙니다.

우리 구족화가들은 발가락에 붓을 끼우고, 입으로 붓을 물고 그림을 그리는 사람들입니다.

지금까지 K군이 십 수년간 오른손으로 그려온 그림의 감각, 그 재능은 K군의 몸속에, 뇌리 속에, 세포 속에 그대로 고스란히 남아 있습니다. 주인의 호출만을 기다리며 캔버스에 제 몸을 드러내고 싶어 하는 그 선들과 색채들의 말들이 들리지 않습니까. 나를 그려줘, 하고 절규하는 그 애절한 그림들의 말이 들리지 않습니까?

단지 오른손이 잘렸다는 이유로 그동안 쌓아온 재능과 노력을 휴지통에 처박아 버린다면, 이대로 포기한다면, K군은 자신을 쓰레기통에 폐기하는 것입니다.

내가 윤 화백으로부터 전해들은 K군은 단지 그림을 잘 그리는 기술을 가진 사람이 아니라, 어떤 난관 속에서도 다시 일어날 줄 아는 그런 사람이었습니다.

희망은 절망이라는 거름 위에서 피어나는 찬란한 꽃송이입니다.

K군이 이제부터 왼손으로 그리게 될 그림은 단순한 그림이 아닙니다. 희망이 있는 그림, 영혼이 있는, 살아있는 그림일 것입니다.

세상에는 죽은 그림을 그리는 화가들이 많지만 분명히 K군은 영원히 죽지 않을 그림을 그릴 것이라고 믿습니다.

구족화가 백중서 드림

그는 구족화가가 발로 그린 그림을 다시 들여다보았다. 지금껏 단 한 번도 느껴보지 못한 가슴 뻐근한 감동이 밀려들었다. 밀레의 만종을 보며 누군가에게 희망을 주는 그림을 그리고 싶다는 어릴 적의 꿈이 수면 위로 떠오르는 공처럼 다시 솟구쳐 올랐다.

다음 날 그는 윤 화백의 미술 학원이 있는 건물의 계단을 천천히 올라가고 있었다. 유화물감에서 풍겨 나오는 익숙한 테레빈유 냄새가 그의 코로 스며들었다. 오랜만에 맡는 기분 좋은 물감 냄새였다. 그는 숨을 깊이 들이쉬었다.

 구족화가의 그림을 보신 적이 있나요? 절망은 튀어 오르는 공처럼 당신을 더 높이 솟아오르게 만들 것입니다. 희망은 절망의 거름 위에서 피는 찬란한 꽃 한 송이입니다.'

송곳으로 만든 글자

1812년 프랑스의 어느 작은 시골 마을에서 있었던 일이다. 세살 먹은 한 남자아이가 마구를 만드는 아버지의 작업실에서 송곳을 가지고 놀고 있었다. 아버지가 마구를 만들고 있으면 아이는 늘 옆에 와서 아버지가 작업하는 것을 구경하며 놀았다.

아버지가 작업에 몰두하고 있는 순간 공기를 찢는 비명소리가 들려왔다.

"오! 하느님, 맙소사!"

아버지는 손에 들고 있던 작업 도구를 내팽개치고 아이에게 달려갔다. 아이의 손에는 날카로운 송곳이 쥐어져 있었고 눈에서는 피가 쉴 새 없이 흘러내렸다. 피투성이가 된 아이를 안고 아버지는 병원으로 달려갔다.

"선생님, 루이의 눈을 고쳐주세요. 제발! 선생님 부탁입니다."

"이 아이는 실명했습니다. 다시는 아무것도, 어떠한 사물도 보지 못할 것입니다. 죄송합니다."

사형선고를 내리는 듯한 의사의 말을 들은 가족들은 하늘이 무너지는 듯한 절망감을 맛보았다. 아버지는 아이를 작업실에서 놀게 내버려둔 자신의 부주의를 한탄하며 가슴을 쥐어뜯었다. 겨우 세 살 먹은 아이가 실명이라니! 그것은 너무나 가혹한 시련이었다. 자칫하면 아이의 인생이 끝장날 수도 있는 일이었다.

하지만 가족들은 절망 속에서도 희망의 빛을 잃지 않았다. 그의 가족들은 루이가 정상인들처럼 편안하고 행복하게 살기를 원했다. 그래서 그들은 지나친 보호나 동정 대신에 루이를 가족의 모든 노동과 행사에 참여시켰다. 그 과정에서 루이는 맹인이지만 정상인과 같은 삶을 살아가는 데 자신감을 갖게 되었다.

여섯 살이 되던 해, 파뤼 신부님을 만난 루이는 신부님을 통해 읽는 법을 배웠다.

"신부님, 왜 맹인들을 위한 책은 없는 거죠?"

"오, 루이! 책을 더 많이 읽고 싶은 거로구나."

"예, 저는 공부를 아주 많이 하고 싶어요. 정상인들과 똑같이 책도 많이 읽고 배우고 싶어요. 그래서 저처럼 앞을 못 보는 사람들을 도와주고 싶어요."

"그래, 루이는 꼭 해낼 수 있을 거야."

학교에 들어간 루이는 맹인들이 읽을 수 있는 책이 없다는 것을 안타까워하면서 점자책 개발에 들어갔다.

루이는 수많은 시행착오를 거쳐 3년 뒤 드디어 송곳으로 새긴 글자, 즉 점자를 만들어냈다. 수많은 교수와 과학자들이 오랜 세월 연구하다 실패한 점자를 그것도 어른이 아닌 어린 소년이 만들어낸 것이다. 하지만 15세의 어린 소년이 만든 점자는 아주 간편하고 쉽게 쓸 수 있음에도 불구하고 사람들의 무관심 때문에 널리 보급되지 못했다.

건강을 돌보지 않고 책을 점자로 만드는 일에 몰두하던 루이 브라이는 젊은 나이에 결핵으로 세상을 떠나고 말았다. 하지만 루이가 죽고 난 100년 뒤, 점자는 전 세계에 보급되어 빛을 잃은 이들의 광명이 되고 있다.

송곳에 찔려 실명을 당했으면서도 결국 그 송곳으로 점자를 만들어낸 루이 브라이의 희생으로 많은 사람들이 빛을 찾게 된 것이다. 그는 가장 큰 상처를 가장 큰 별로 만든 사람이었다.

 자신의 상처를 찬란한 희망의 별로 만드는 사람들 덕분에 우리가 이만큼 숨쉬기가 편해진 것인지도 모릅니다. 불운 속에서도 희망의 증거가 된 사람들. 그들이 어두운 밤길을 헤매는 우리에게 꺼지지 않는 빛을 밝혀주고 있습니다.

느티나무를 지키는 남자

"너를 보면 한 마리 낙타나 소처럼 느껴져. 너는 사람들에게 마지막 남은 피 한 방울까지 남김없이 주는 소 같은 나무야."

그는 혼잣말을 하며 느티나무 껍질에 얼굴을 갖다 대었다. 나무의 까칠한 감촉이 느껴졌다. 바람이 불자 수천수만 장의 푸른 잎사귀들이 물결처럼 술렁대었다. 나무 속에서 파도 소리가 들리는 것 같았다. 햇빛을 받아 반짝이는 느티나무 잎은 푸른 지느러미를 흔드는 수만 마리의 물고기처럼 보였다. 동네 어귀의 커다란 느티나무는 푸르고 아름다운 신전처럼 보였다.

그는 느티나무 위에서 내려오지 않았다. 5백년 된 느티나무는 하도 커서 그 위에서 움막을 짓고 생활을 해도 전혀 불편하지 않았다.

동네 사람들은 그를 미쳤다고 했다.

"저게 뭐하는 짓거리여. 영농후계자라는 놈이 농사지을 생각은 안 하고, 미쳐도 단단히 미친 모양이여. 살다 살다 벨 일을 다 보겠네."

"그러게 말이여. 지 코가 석자인 놈이 어째 나무 하나 살리겠다고 저 야단인가 모르겠네. 지난번 수해 때 부서진 집도 아직 덜 고친 놈이 저러고 있네."

그가 나무 위에 올라간 지도 벌써 열흘째였다. 포크레인이 느티나무 아래에 멈추어 서 있고 커다란 기계톱을 가진 인부들이 나무를 잘라내기 위하여 대기하고 있었다.

그는 어릴 때부터 동네 어귀에 서 있는 그 느티나무를 유난히 좋아했다. 아버지에게 야단을 맞거나 친구들과 다투었을 때는 느티나무로 달려가 나무를 안고 한참 서 있으면 기분이 나아지곤 했다.

그 느티나무는 한 아름이나 되는 굵은 뿌리를 개울 위에 다리처럼 걸치고 있었다. 나무에 그네를 매어놓고 그네를 타던 사람들이 머릿속에 떠올랐다. 다람쥐처럼 나무에 재빠르게 오르던 아이들은 느티나무를 놀이터로 삼았다. 모내기철이면 그 커다란 그늘 아래 사람들이 모여 앉아 새참을 먹고 낮잠을 자기도 했다. 나뭇가지가 휘어질 정도로 풍성하게 열리던 매미 소리가 꼭 폭포수 소리처럼 들렸다. 느티나무의 그늘은 온 동네 사람들을 다 품어줄 정도로 넉

넉했다. 그 느티나무는 마을의 슬픔과 기쁨을 나이테 속에 간직하고 있는 살아있는 마을의 역사였다.

나무 위에서 내려오지 않는 그를 취재하기 위해 신문과 방송국에서 기자들이 몰려왔다. 사다리를 딛고 기자가 나무 위로 올라오고 방송국 카메라까지 올라왔다.

"이 느티나무를 목숨을 걸고 지켜야 하는 이유라도 있습니까?"

"이 느티나무는 저에게 사랑하는 가족만큼 중요한 나무입니다. 제 몸의 일부와도 같은 특별한 나무입니다. 5백 년 동안 이 느티나무는 말없이 동네 어귀에 서서 마을 사람들의 눈물과 땀을 닦아주고 말려주고 식혀 주었습니다. 말 못하는 나무라고 해서 어떻게 사람들에게 제 모든 것을 준 나무를 싹둑 베어버릴 수 있단 말입니까. 이 느티나무는 5백 년 동안 우리 마을 사람들에게 온몸을 내어줬습니다. 우리는 나무에게 온전히 받기만 하다가 이제는 길을 만든다는 이유로 느티나무를 베어내려 하고 있습니다. 인간의 필요만을 위해서 나무를 베어내고 산을 깎아내고 갯벌을 메워버리면, 결국 자연도 우리 인간을 싹둑 베어내고 말 것입니다."

그의 말을 들은 동네 사람들은 부끄러움을 깊이 느꼈다. 그 나무를 베어내는 데 서명을 하고 도장을 찍어 준 사람들은 느티나무가 베어진 광경을 머릿속에 떠올려보았다. 마을 사람들은 매일 마시는 공기처럼 느티나무에 대해 단 한 번도 고마움을 느끼지 못했던 것이다.

"그래 저 사람 말이 맞아. 저 정자나무가 없어진다면 우리 동네 사람들은 이제 어디 가서 땀을 식히고 장기를 두고 그러겠나."

"그래, 저 나무라도 있어야지 도시로 나간 애들이 고향이라고 찾아와도 덜 서글프겠지."

"한나절 일하고 나서 저 나무 아래서 새참 먹고 매미 소리 들으면서 낮잠 한숨 자고 나면 농사짓는 것도 덜 힘들고 그랬지. 신선이 뭐 별건가 싶을 정도였지. 그래! 저 느티나무를 베서는 안 돼."

그가 나무에서 내려온 지 한 달 만에 느티나무는 도 지정 보호수가 되어 특별한 보살핌과 관리를 받게 되었다. 보름 동안 나무에서 내려오지 않았던 그의 노력 덕분에 느티나무는 마을 어귀에 신전처럼 그 자리를 지키고 서 있게 된 것이다.

느티나무 아래를 지날 때마다 마을 사람들은 느티나무를 지키던 황소처럼 우직한 그의 얼굴을 떠올렸다.

 고향 마을에 있었던 5백 년 된 느티나무, 눈만 감으면 바람에 흔들리는 나뭇잎, 매미 소리, 잡힐 듯 생생합니다. 그 푸른 그늘이 그립습니다.

피아노가 있던 풍경

풍경 하나. 그 마당의 **피아노**

그 마당의 피아노, 방문과 창문이 좁아 끝내 집 안으로 들어가지 못하고 마당 한 귀퉁이에 헌 장롱처럼 버려져 있던 그 피아노, 입을 굳게 다물고 말을 잃어버린 그 피아노, 입술에 커다란 자물쇠를 채우고 이빨 사이에 내려앉은 먼지 냄새, 기억의 곰팡내를 말없이 견디고 있던 그 마당의 피아노.

누군가 자물쇠를 따고 들어와 꿈의 건반을 눌러 줄 날을 기다렸나, 5톤 타이탄 트럭에 실려 가던 피아노. 겨울 햇살의 음계를 짚으며 하늘로 날아오르던 저 투명한 꿈의 음표들.

주간으로 발행되는 영화 잡지의 기자인 그녀에게 누군가가 가장 기억에 남는 영화가 뭐냐고 물어오면 그녀는 망설임 없이 대답한다.

"전 제인 켐피온 감독의 '피아노'를 가장 감명 깊게 봤어요. 그 피아노는 단순히 피아노가 아니라, 주인공의 존재 자체를 상징하는 것만 같았어요. 마치 바늘로 문신을 새기는 것처럼 온몸의 세포 하나하나가 영화를 보고 있다는 그런 느낌이었어요. 바닷가의 하얀 그랜드 피아노와 해변에 부서지던 파도, 검은 드레스를 입은 홀리 헌터와 그리고 물구나무를 서던 안나 파킨의 하얀 원피스가 바로 눈앞에 잡힐 듯이 떠올라요."

그녀의 뇌리에 피아노라는 영화가 그토록 깊이 각인 된 것은 언니의 영향 때문이다.

결혼을 하면서 형부를 따라 인천으로 올라가게 된 언니는 학원의 피아노를 다 처분해야 했다. 가장 애지중지하던 피아노 한 대만 남겨놓고 언니는 한참 고민을 했다. 피아노 한 대 때문에 부산에서 인천까지 이삿짐 차를 불러야할지 꽤 고민이 된 모양이었다. 언니는 결국 피아노를 그녀에게 맡겨두고 인천으로 올라갔다.

그 피아노는 언니의 20대가 고스란히 담겨있는 피아노였다. 직물

공장에 다니며 그녀의 등록금을 대주던 언니였다. 그녀는 언니가 공장에 다니며 힘들게 번 돈으로 대학교에 다니는 것이 미안해 언니보다 일찍 일어나 밥을 지어놓거나 언니의 작업복을 빨아주기도 했다.

스물두 살 때부터 언니는 저녁 무렵이면 피아노 학원에 나가 피아노를 배우기 시작했다.

"언니, 피아노 배우는 거 재미있어?"

"그래, 피아노를 치고 있는 순간이면 내가 다른 사람이 된 것 같아. 공장 먼지 속에서 베를 짜는 여공이 아니라 아주 귀하고 소중한 사람이 되어 있는 느낌이야."

그렇게 말하던 언니는 좁은 자취방에 피아노를 떡하니 들여놓았다. 그녀는 언니에 대해 충격을 받았다. 피아노가 단순한 취미 생활이겠거니 했는데 언니에게는 피아노가 꿈이자 희망인 모양이었다.

5년 동안 줄기차게 피아노 학원에 다니던 언니는 피아노 실력 하나만으로 피아노 학원의 보조 교사로 일하게 되었다. 중학교를 졸업한 학력으로 언니가 대학생들이나 일반인들에게 피아노를 가르치고 있는 것을 본 그녀는 놀라움을 금치 못했다.

몇 년 동안 보조 교사로 일하던 언니는 나중에는 피아노 학원을 인수하여 직접 운영을 하였다. 언니의 피아노 학원에서는 언제나 아이들이 치는 바이엘과 체르니 음표들이 퐁당퐁당 물장구를 치고 놀았다.

언니가 결혼하면서 그녀에게 맡겨두고 간 피아노는 그녀의 잦은 이사로 마지막에는 방에도 못 들어가고 마당에 놓여져 있어야 했다. 방문과 창문이 좁은 셋방의 구조 때문이었다.

두꺼운 비닐을 덮어쓰고 있는 피아노는 무척 처량해 보였다. 비 오는 날 마당에 나가서 피아노를 쳐다보면 바닷가에 놓여져 있는 제인 켐피온의 피아노가 생각이 나곤 했다.

그녀는 마당에 버려진 가구처럼 방치되어 있는 피아노를 볼 때마다 마음이 아팠다. 그 피아노를 팔아버리자니 언니에게 죄를 짓는 것만 같았다.

그녀의 집에 들른 문화운동을 하는 노래패 후배가 마당의 피아노를 보고 탐을 내었다. 마당에 방치되어 녹슬고 먼지를 뒤집어쓰고 있는 것보다 누군가가 만드는 노래를 위해 연주되는 것이 낫겠다는 생각이 들었다. 언니의 낡고 오래된 피아노도 새로운 노래를 낳고 싶어 하리라는 생각이 들었다.

피아노가 5톤 타이탄 트럭에 실려 마당을 떠나는 날 그녀는 피아노를 치던 언니의 손가락을, 언니의 꿈꾸는 듯한 표정을 떠올렸다.

지금 그녀의 언니는 피아노를 치지 않는다. 마흔을 넘긴 중년의 주부가 된 그녀의 언니는 이제 여고 앞에서 맛있는 우동을 끓이는 분식집 주인이 되어있다. 손님들이 우동을 맛있게 먹는 것을 보며

참 행복하다고 말하는 언니를 보며 그녀
는 고개를 끄덕여 주었다.

  피아노를 치지 않는다고 언니가 더 이
상 꿈꾸기를 포기했다는 것은 아니다. 어쩌
면 모든 여자들의 가슴속에는 제 나름의 꿈을 연주하던 피아노 한
대씩이 들어 있을 것이다. 아직도 그녀들의 가슴속 피아노는 못다
부른 꿈을, 못다 부른 멜로디를 연주하고 있을 것이다.

  피아노 학원 앞에서 걸음을 멈춘 그녀는 누군가가 연주하고 있는
서투른 젓가락 행진곡에 귀를 기울이고 한참을 서 있었다.

기다란 대파가 비죽 얼굴을 내밀고 있는 장바구니를 들고 피아노 학원
앞에서 잠시 걸음을 멈추고 있는 그녀. 그녀도 한때 간절하게 소망하고
꿈꾸었던 것이 있었습니다. 그 꿈은 죽지 않고 가슴 한 귀퉁이에 살아있
어 세상을 향기롭게 만들겠지요.

지금 여기가 천국이에요

"나, 집에 가고 싶어요. 여보, 제발 집에 가게 해줘요."

위암 말기로 시한부 생명을 선고받은 아내가 남편에게 말했다.

"집이라니, 말도 안 돼. 빨리 나아서 제주도 여행 가기로 했잖아. 제주도 한번 안 가본 사람은 당신밖에 없을 거라고 말한 거 기억 안 나? 마누라 제주도 구경 한번 못 시켜준 나쁜 남편 만들기야?"

남편은 될 수 있는 대로 감정을 억누르며 부드러운 음성으로 대답했다.

"맞아, 제주도!"

아내는 꿈을 꾸는 듯한 몽롱한 표정을 지었다.

"여보, 나는 틀린 것 같아. 제주도 구경한 걸로 할 테니 나, 집에 데려다줘요."

이젠 아내에게 제주도라는 약도 안 듣는구나 싶어서 남편은 가슴이 덜컹 내려앉았다. 빨리 나아서 퇴원하면 제주도에 가자고 약속했다. 제주도 한번 가보는 것이 아내의 마지막 소원이었다.

힘든 투병 생활을 잘 견디던 아내가 왜 이토록 마음이 약해진 건지 마음이 아프고 쓰라렸다. 남편은 아내의 간절한 눈빛에 마음이 흔들렸지만 어금니를 꽉 깨물었다. 아내를 위해 마음이 절대 흔들려서는 안 된다고 생각했다. 아내는 전에 없이 어린아이처럼 그에게 간절한 목소리로 애원했다.

"여보, 나 이 삭막한 병원에서 내 남은 하루하루를 보내고 싶지 않아요. 내 손길을 기억하고 있는 우리 집, 내가 평생 쓸고 닦고 가꾸어 놓은 우리 집에서 남은 시간을 보내고 싶다구요. 우리, 결혼 20년 만에 마당이 있는 그 집 사고 얼마나 좋아했어요? 내 마지막 소원이에요. 꼭 집에 데려
다줘요."

"바보 같은 소리 좀 그만해. 마지막이라니? 누가 당신 보내준대? 나, 억울해서라도 당신 못 보내 줘."

"억울하긴 뭐가 억울하다고 그래요. 매일 당신한테 바가지만 긁고, 조금만 늦게 퇴근하면 바람피운다고 의심이나 하고, 세상에 나 같은 마누라는 없을 거야. 당신, 나 죽으면 부디 착한 사람 만나요."

"그런 소리 자꾸 하면 나 정말 화낸다. 제발 그만하라니까."

"알았어요. 그러니까, 제발 집에 데려다줘요. 집에 갔다 오면 치료 잘 받을게요. 제발."

아내는 두 손을 모으고 간절히 기도하는 자세로 남편을 올려다보았다. 아내의 퀭한 눈에 그렁그렁 맺혀 있는 눈물방울이 남편의 마음을 후벼 파는 것만 같았다.

남편은 아내의 마지막 부탁을 들어주기로 마음을 먹었다. 주치의를 만나서 사정을 이야기하고 어렵게 허락을 받아내었다.

집에 돌아온 날부터 아내는 자주 마당에 나가있고 싶어 했다. 아내는 목련나무 그늘에 돗자리를 깔고 앉아 목련나무를 눈부신 듯한 표정으로 올려다보았다. 천 개의 백열전구를 매단 듯한 목련나무는, 커다랗고 하얀 날개를 가진 새가 막 날아오르는 것처럼 보였다.

봄볕 아래 드러난 아내의 얼굴은 더욱더 병색이 완연해 보였다. 아내는 손을 뻗어 바닥에 떨어진 목련 꽃잎을 주워들었다. 옆집 정원에서 날아온 벚꽃 잎이 아내의 머리 위로 눈꽃처럼 하롱하롱 떨어졌다.

아내는 막대사탕을 조금씩 아껴먹는 아이 같은 표정으로 집 안 곳곳을 둘러보았다. 하나하나 손길로 세밀하게 쓰다듬듯이 천천히 주위를 둘러보던 아내의 눈가에서 눈물 한 방울이 툭 떨어졌다.

"여보, 지금 여기가 천국이에요. 왜 나는 이제 와서야…… 이토록 뒤늦게 알았을까요?"

남편은 야윈 아내의 어깨를 말없이 꽉 껴안았다. 일억 개의 전등을 켜놓은 것처럼 환하고 눈부신 봄날이었다. 마당의 기다란 빨랫줄에서는 빨래들이 축축한 팔다리를 늘어뜨리고 따스한 봄볕에 몸을 말리고 있었다.

 지금 여기가 천국이에요, 하고 한번 입 밖으로 소리내어 보세요. 신기한 일입니다. 천국이라고 발음하자마자 집 안의 사물들도, 내 옆에 있는 사람도, 그리고 나무들도, 풀 한포기도 저 돌멩이도 환하게 변합니다. 그래요, 살아있다는 사실, 그것이 바로 가장 멋진 일, 여기가 바로 천국입니다.

사랑해줘서 고마워요!

우리가 서로 사랑하고 있다면 비가 새는 단칸방일지라도 그곳은 천국입니다. 우리가 서로 사랑할 수 있다는 것만큼 완벽한 기적이 있을까요. 눈 속에 피어나는 꽃처럼, 아스팔트를 뚫고 올라오는 노란 민들레처럼……

내 사랑은 단지 여기까지입니다. 햇빛을 감추는 것처럼, 종소리가 새어나가는 것을 감추는 것처럼 힘겨운 일입니다. 내 못난 사랑이 당신에게 누가 되지 않도록, 당신이 더 맞지 않도록 내 사랑을 감추는 것, 이것 밖에는 당신에게 줄 것이 없습니다. 사랑을 감추는 것이 내 사랑의 방식입니다.

당신 얼굴의 푸른 명자꽃

풍경 하나. 목발을 짚고 다니던 **그 남자**

당신은 모를 것입니다. 당신이 얼마나 사랑받고 있는 사람인지. 당신이었습니다. 당신은 모르셨겠지만 나는 오래 전부터 당신을 사랑했습니다. 당신은 꿈에라도 나 같은 사람 한 번도 생각해보지 않으셨겠지요. 나 혼자만의 사랑이었으니 말입니다.

나는 다리를 저는 식당 주인이고 당신은 우리 집에서 홀 서빙을 하는 종업원으로 다시 만났습니다. 눈만 감으면 당신이 일하던 모습이 어른거리는데 당신을 이제는 볼 수 없겠지요. 물론 당신을 해고시킨 것은 나였습니다.

24년 전, 버스 정거장에 서 있는 당신과 자주 마주치곤 했습니다. 중학교에 다닐 무렵이었지요. 당신이 고개를 푹 숙이고 지나가는 걸 자주 보았습니다. 금방 울었던 것처럼 코끝이 빨개진 당신을 보며 마음이 아팠습니다.

당신의 아버지는 술을 많이 마시는 사람이었고 식구들에게 폭력을 휘두르는 사람이었습니다. 당신의 집에는 울음소리와 싸우는 소리가 끊이지 않았습니다. 당신이 흐느끼는 소리를 듣고 목이 메던 순간이 있었습니다. 목발을 짚고 당신의 집 담벼락 밑에 서 있던 한 소년의 이마에 내려앉던 달빛이 기억나는군요.

소아마비를 앓았던 나는 얼토당토않게 식당 주인이 되었습니다. 나이 마흔이 다 되도록 나는 결혼도 못하고 있었지요. 내 가슴 한 귀퉁이를 채우고 있는 당신 때문만은 아니었습니다. 누가 절름발이 남자에게 선뜻 시집을 오겠습니까.

어느 날 종업원을 구한다는 공고를 보고 당신이 식당 안으로 들어왔습니다. 아무도 찾지 않는 연못에 상처 입은 초식동물이 풍덩 발을 들여놓듯이 당신이 식당으로 들어오던 그 순간이 아직도 생생합니다. 그토록 시간이 흘렀는데도 나는 당신을 한눈에 알아보았습니다. 아, 당신은 모르셨겠지요. 내가 들고 있던 물컵을 떨어뜨릴 뻔했다는 것을요.

그래요, 나는 카운터에 앉아서 당신의 뒷모습을 보는 것만으로 행복했습니다. 정수기에서 물을 받고, 테이블을 치우고, 손님들에게 음식을 갖다 주는 당신의 모습을 바라보면서 나는 지금껏 느끼지 못했던 행복감을 맛보았습니다.

당신은 자주 얼굴에 푸른 멍 자국을 달고 출근을 했지요. 나는 생전 처음으로 맹렬한 분노에 사로잡혀 주먹을 부들부들 떨었습니다. 당신을 그렇게 만든 운명에게 한방 먹이고 싶었습니다. 당신은 애써 웃으며 당신 남편이 손버릇은 좀 나쁘지만 좋은 사람이라고 말했지요.

당신의 남편이 나의 식당에 와서 행패를 부린 적이 있었습니다. 한눈에 봐도 당신의 남편은 의처증이 아주 심한 사람처럼 보였습니다.

그래요, 더는 안 되겠어서 그 다음 날 당신에게 식당을 그만두라고 말했습니다. 얼굴에 푸른 멍 자국을 잔뜩 달고 온 당신은 의아한 눈초리로 나를 쳐다보았습니다. 눈물이 그렁그렁한 눈으로 왜냐고 물었습니다. 나는 아무 대답도 못하고 손톱만 쥐어뜯었습니다. 나는 당신이 나로 인해 더 맞으면 안 되겠기에, 당신이 푸른 멍 자국을 달고 오는 것을 더 두고 볼 자신이 없었기에 당신에게 식당을 그만두라고 한 것입니다.

내 사랑은 단지 여기까지입니다. 햇빛을 감추는 것처럼, 종소리가 새어나가는 것을 감추는 것처럼 힘겨운 일입니다. 내 못난 사랑이 당신에게 누가 되지 않도록, 당신이 더 맞지 않도록 내 사랑을 감추는 것, 이것밖에는 당신에게 줄 것이 없습니다. 사랑을 감추는 것이 내 사랑의 방식입니다.

제발 당신, 푸른 멍 자국을 얼굴에 달고 다니지 마세요. 사랑하는 당신, 당신이 얼마나 아깝고 아까운 사람인데, 나는 당신이 아까워 쳐다보기도 어려웠는데, 왜 그토록 소중하고 귀한 당신이 푸른 멍 자국을 달고 살아야 한단 말입니까.

사랑하는 당신, 제발 당신이 세상에서 아니 이 우주에서 가장 소중한 사람이라는 것을 눈치채시길 바랍니다. 당신 생을 힘껏 더 사랑하십시오. 당신이 당신 생을 힘껏 사랑하고 껴안을 때 그는 당신을 함부로 때리지 못할 것입니다.

나는 당신을 향한 그 사랑 하나로 살아가는 한 그루 나무입니다. 당신이 행복하기만을 바라는 못난 사내 하나, 어느 골목길에서 눈물 흘리는 밤이 있다는 것을 당신은 모르시겠지요. 단 한 번만이라도 당신을 사랑했었다는 그 기억을 안고 살아가는 것으로 족하겠습니다.

당신 얼굴의 푸른 멍 자국이 지워지기를……. 죽어도 못 잊을 당신, 내 가슴속의 붉은 심장. 꼭 행복하셔야 합니다, 당신!

웃을 때 늘 한쪽 볼에만 볼우물이 패이던 당신. 당신의 식당을 떠나오고 일자리를 구하러 여기저기 다녔습니다. 나를 해고시킨 당신을 원망하는 건 아니에요.

다행이 휴대폰 생산 공장에서 일을 할 수 있게 되었습니다. 여자들만 일하는 곳이라 남편도 좋아라하더군요.

내 남편이 당신의 식당에서 행패를 부린 일 진심으로 사과드립니다. 이해해달란 말은 않겠어요.

내가 당신의 식당에 처음 들어서던 날을 기억합니다. 손에 물컵을 들고 막 입에 갖다대던 당신이 깜짝 놀라던 그 순간을요. 당신이 나를 먼저 알아보셨군요. 나는 당신인 줄 몰랐습니다. 당신이 목발을 짚고 계시지만 않았다면 당신을 몰라봤을 거예요.

그래요, 24년 전쯤이었을 거예요. 당신은 목발을 짚고 다니고 있었고, 단 한 번도 버스를 타진 않으셨죠. 자가용을 타고 다니던 중학생은 그 읍에서 당신이 유일했습니다. 운전석에서 내린 당신의 아버지가 차 문을 열어줄 때 목발을 짚고 내리던 당신을 몇 번 본 적이 있습니다. 당신의 아버지가 제법 규모가 큰 전자부품회사의 사장님이었던가, 그랬지요. 그런 자상한 아버지를 둔 당신을 부러워했습니다.

아마, 그랬을 것입니다. 나는 술 마시고 가난하고 식구들에게 폭력을 휘두르는 아버지가 아닌 당신처럼 부자이고 자가용을 태워주는 아버지를 갖고 싶었습니다. 내가 목발을 짚고 다녀도 좋으니, 당신처럼 자가용을 타고 다니고 싶었지요. 아들이 목발을 짚고 학교로 걸어가던 뒷모습을 오래 지켜보던 그런 아버지를 갖고 싶었지요.

버스 정거장에서 버스를 기다리고 있는데 자가용에 앉아있던 당신과 눈이 마주쳤던 적이 있었습니다. 당신과 나는 서로 눈도 돌리지 않고 차 유리창을 사이에 두고 한참 동안 서로를 빤히 바라보았지요. 눈빛과 눈빛이 서로를 팽팽하게 잡아당기고 있는 순간, 어디선가 '챙' 하는 소리가 들려오는 것 같았어요.

그래요, 그렇게 우리는 좁은 읍 안에서 몇 번이나 마주쳤지만 한 번도 말을 주고받은 적도 없었고 같이 어울린 적도 없었지요. 그런데도 목발을 짚고 다니던 당신을 나는 아주 선명하게 지금까지 기억하고 있습니다.

내 남편은 처음부터 나를 때리진 않았어요. 다니던 회사에서 실직하고 나서부터 사람이 조금씩 변하고 의처증이 심해지고, 우리 아버지처럼 변해가기 시작했어요. 아니에요, 나는 처음부터 아버지와 너무나 닮은 사람을 남편으로 만났던 건지도 몰라요. 지독한 운명의 반복이죠. 우리 딸에게는, 이제 열 살인 우리 딸에게는 그런 운명의 쳇바퀴를 물려주고 싶지 않아요. 엄마가 맞으며 사는 꼴을 더 이상 보이지 말아야죠.

당신, 식당을 나오는 저에게 마지막으로 말하셨죠. 나보고, 아깝다고 너무 아까운 사람이라고, 너무 아까운 사람인데 맞으며 살지 말라고 하셨죠. 나를 아깝다고 말해준 사람, 웃을 때 한쪽 볼에만 볼우물이 패이던 당신, 그 말 꼭 기억할게요. 이 하늘 아래 단 한 사람이라도 나를 염려해주는 사람이 있구나, 나도 살아갈 의미가 있는 사람이구나 싶었습니다.

내가 나를 함부로 구겨진 종이처럼 방치했다는 것을 알게 해준 사람, 나도 소중한 사람임을 처음으로 알게 해준 사람, 이제 맞으며 살지 않을게요. 마음 놓으세요.

눈빛 맑고 선한 사람 만나 부디 행복하세요, 당신!

 어깨를 늘어뜨리고 힘없이 걸어가는, 세상에 상처 입은 당신도 누군가에는 별 같은 존재입니다. 이 두 사람은 서로 첫사랑이었으면서도 왜 단 한 번도 마음을 전하지 못했을까요. 거리에 외로이 서 있는 붉은 우체통은 아주 오랜 세월 변함없이 한 사람만을 그리워하고 있는 누군가를 닮았습니다.

인연,
그 옛날 감나무 아래서

우주 저편에

온화한 눈동자와 손길과 입김이 있었지요.

어느 날 문득 우주 저편의 그분이

우주의 그 수많은 별들 중에

지구라는 푸른 별에 눈을 돌리셨지요.

그때 어린 당신은 감나무 아래 서 있었고

나는 이제 막

어머니의 뱃속을 벗어난 갓난아기였습니다.

우주 저편에서 수많은 이들의

기도와 애원과 비탄에 귀를 기울이시던

그분께서 슬몃 눈가에 미소를 띠었습니다.
금방 태어난 여자아이와
잘 익은 감을 목이 아프게 올려다보는
장난꾸러기 사내아이를 짝지어 주기로 말입니다.

그때부터였지요. 그분께서는
서로 얼굴도 모르고
사는 곳도 모르고 이름도 모르는
한 남자아이와 갓 태어난 여자아기를
만나게 해주려고
바둑돌을 옮기듯이
작고 보드라운 등을 조금씩 떠밀었지요.
아주 먼 먼 곳에 떨어져 살던 그 둘은 몰랐지만

그분의 장난으로
문득 스쳐지나 가기도 했었지요.

아주 오래 전
어린 나는 고모를 따라 해수욕장에 갔다가
고모를 잃어버리고 미아보호소에서 울고 있었어요.
그때 나보다 세 살이 많았던 아홉 살 먹은 당신도
내 옆에 앉아
멀뚱멀뚱 미아보호소를 둘러보고 있었지요.
어린 당신은 무슨 생각에서였는지
주머니에 들어 있는 무지갯빛 알사탕을 꺼내어
나에게 내밀었어요.
눈이 동그래진 나는 울음을 뚝 그치고
당신을 뚫어져라 쳐다보았지요.
그분께서는 그 모습을 보시고 풀썩 웃으셨을 겁니다.
심심하셨던 그분이 미아보호소에서
우리를 처음 만나게 하셨을 테니까요.
아직 어리디어린 우리들이
어떻게 서로를 알아볼 수가 있었겠어요.

가끔씩 우리는 버스 터미널에서

공원 유원지에서 영화관에서 먼 바닷가 해변에서

서로 스쳐지나 갔지만

아직 서로를 알아보지 못했지요.

우리는 나란히 지하철 옆자리에 앉아 있기도 했었고,

나뭇잎 사이로 가을 하늘을 올려다보며

당신이 드러누워 있었던 벤치에

당신의 체온이 남겨진 그 자리에 앉아

나는 책을 읽기도 했었지요.

그분께서는 이제는 되었다 싶으셨던가 봐요.

내가 당신의 낡은 핸드폰을

지하철 의자 안에서 줍게 되었지요.

당신의 핸드폰에는

수많은 전화번호들이 빽빽했습니다.

나는 당신이 무슨 보험회사 영업 사원인가 했지요.

당신에게 핸드폰을 돌려주기 위해 나갔던 그날,

당신과 나는 동시에 말했어요.

우리 어디서 만난 적 있죠? 그렇죠?

그 말을 듣고 우주 저편에 계신 그분께서는

너털웃음을 터뜨리셨어요.
당신은 반 아이들에게 문자 메시지를 넣어주는
아이들의 삼촌같이
다정한 고등학교 선생님이었지요.

그래요, 당신 말대로 해요.
우리, 결혼하면 감나무가 한 그루 있는
그런 마당 있는 집에서 살아요.
우리들의 아이가 태어나면 감나무를 올려다보도록,
붉게 잘 익은 감이 툭 떨어질 때
머언 데서 한 아이가 태어나고 있겠지요.

 그 사람이 나에게 오기까지 얼마나 많은 길들을 걸어왔을까요? 수십억 명의 사람들 중에 왜 하필이면 그 사람과 내가 만나게 되었을까요? 수천 번의 우연과 필연이 쌓여 우리는 만나게 된 거예요. 그러기까지 얼마나 눈물겹고 애틋한 이야기들이 쌓여 온 걸까요.

그 무덤가의 국화 한 송이

해마다 친구의 기일이면 무덤을 찾아가 소주를
부어주는 남자가 있었다. 15년 전에 그는 자동차 정비공장의 기사
였으나 지금은 작은 정비공장을 운영하는 어엿한 사장이 되었다.

"이번에는 무슨 일이 있어도 누군지 알아내고 말겠어."

그는 중얼거리며 친구의 무덤이 있는 산등성이로 올라갔다. 이른
아침이어서인지 아직 아무도 보이지 않았다. 멧새 한 마리가 그의
머리 위로 포르릉 날아올랐다.

친구는 15년 전에 연탄가스 사고로 어처구니없이 죽고 말았다.
그 친구는 동료들로부터 부활한 전태일로 불려질 정도로 순수하고
열정적인 노동조합 활동가였다.

월급을 못 받는 동료가 있으면 박봉을 털어 라면 한 박스를 슬며

시 들여놓기도 하고, 연탄이 떨어진 것을 보면 한 백 장씩 배달시켜 놓고 가는 친구였다.

그도 친구가 방 안에 두고 간 라면 한 박스에 눈물을 왈칵 쏟은 적이 있었다. 도무지 자신은 돌보지 않고 자신이 가진 모든 것을 아낌없이 나누어주던 친구였다.

그 친구는 집이 찢어지게 가난했기 때문에 중학교 2학년 때 학교를 그만 두고 공장에 다녀야 했다.

친구는 모든 사람들이 평등하게 잘사는 세상을 만드는 것이 꿈이라고 했다. 그토록 가난했으나 그 친구는 세상을 원망하거나 날선 눈빛을 세우지 않았다. 철철 넘치는 사랑을 천성적으로 주체하지 못하는 사람이었다. 그는 지금껏 살아오면서 그 친구처럼 순수하고 깨끗한 영혼을 가진 사람을 본 적이 없었다. 그런데 그런 친구가 노동조합 결성일을 하루 앞두고 연탄가스로 죽어버린 것이었다.

친구의 장례식이 있던 날, 그의 여자친구는 핏기 하나 없는 얼굴로 영정 속의 그의 얼굴만 쳐다보고 있었다. 손가락으로 살짝 건드리기만 해도 쓰러질 것처럼 속이 텅 비어버린 사람처럼 보였다. 그날 장례식 이후로 그녀는 보이지 않았다.

그는 친구의 얼굴이 떠오르면 결혼 앨범을 꺼내었다. 친구들 틈에서 그가 카메라를 보며 희고 고른 치아를 드러내며 맑게 웃고 있었다. 친구의 손을 꼭 잡은 그의 여자친구가 수줍은 듯이 미소를 짓고 있었다. 그 친구와 결혼을 약속했던 그녀의 인상이 아주 선해 보였다.

그는 열정을 다 바쳤던 노동운동을 접고 생계에만 매달려 있다는 자괴감과 죽은 친구에 대한 미안함을 친구의 무덤을 찾는 것으로 달래곤 하였다. 무덤을 찾으면 오히려 친구에게서 진한 위로를 받는 느낌이 들었다.

그런데 언제부터인가 친구의 무덤가에는 하얀 국화 한 송이가 놓여져 있었다. 5년 전부터의 일이었다. 다들 먹고 사는 일이 바빠서인지 친구는 서서히 잊혀져가고 있었다. 친구의 무덤은 아무도 찾는 사람이 없었다. 그가 동네 사람에게 묘를 관리해 달라고 맡겨서인지 1년 만에 찾은 친구의 무덤은 생각보다 깔끔했다.

아직 다녀간 사람이 없는 것 같았다. 그는 다행이라고 생각하며 숨을 길게 내쉬었다. 그는 무덤 옆쪽의 마른 풀숲에 몸을 숨겼다.

그가 풀숲에 망을 보는 사람처럼 웅크리고 앉아 있은 지 세 시간이 흘렀다. 그는 저도 모르게 바위에 기댄 채 꾸벅꾸벅 졸기 시작했다. 그때 그의 귓가에 누군가의 훌쩍이는 울음소리가 들려왔다. 찬물을 끼얹은 것처럼 정신이 들어 그는 눈을 번쩍 떴다.

친구의 무덤가에 검은 롱코트를 설친 한 여자가 앉아서 무덤의 잔디를 쓰다듬고 있었다.

"진호씨, 나 안 보고 싶었어? …… 그쪽 세상은 진호씨가 꿈꾼 대로 모두 골고루 잘사는 세상이 맞겠지? 연탄가스로 죽는 사람은 없겠지? …… 나, 이제 진호씨 보러 못 와. 한 달 뒤에 캐나다에 가. 남편이 그쪽으로 발령받았어. 한 2년쯤 걸릴 거야. 그 동안 잘 지내. …… 행복하냐구? 그래 행복해. 진호씨 없어도 행복하다는 것이 문득문득 무섭기도 하고 미안하기도 해. 또 올게, 잘 있어."

그녀는 살아있는 사람에게 말이라도 하듯 조근조근 말을 이었다. 자세히 보이지는 않았지만 그녀가 분명했다. 결혼식 사진 속에서 친구의 손을 잡고 수줍게 웃고 있던 그녀가 분명했다.

그녀는 몇 번이나 무덤을 돌아보며 산길을 천천히 내려갔다. 그는 그녀의 모습이 안 보일 때까지 풀숲에 쭈그리고 앉아있었다.

그는 친구를 세상에서 제일 불쌍하게 죽어간 놈이라고 생각했다. 그의 허무한 죽음을 꽃도 십자가도 없는 개죽음이라고 표현했던 사람도 있었다. 하지만 지금, 친구의 짧은 한 생애도 나쁘지 않았다는 생각이 처음으로 들었다.

"쨔식, 죽어서 무슨 멜로영화 찍냐? 살아서도 폼은 혼자서 다 재더니, 죽어서도 그러기냐? 어이구 이 폼생폼사야, 눈꼴셔 못 봐 주겠다. 나두 죽으면, 내 무덤가에 국화 한 송이 갖다놓고 갈 여자 하나쯤 있었으면 좋겠다. 우리 마나님은 백화점 세일한다면 기를 쓰고 달려갈까, 청승스럽다고 남편 무덤가에는 안 와볼 거야."

그는 종이컵에 소주를 따라 무덤가에 골고루 뿌려주었다. 무덤가

에 놓여진 국화 한 송이가 그의 눈을 시리게 만들었다. 눈을 비비며
올려다 본 하늘에서는 희끗희끗 눈발이 날리고 있었다.

내가 가진 것을 세상에 다 나누어주지 못해 안타까워하던 그 젊디젊은
청년, 공장의 한 귀퉁이에서 토끼를 키우던 소년같이 맑았던 사람. 하늘
은 아름다운 영혼을 너무나 일찍 데려가곤 합니다. 그의 무덤가에 놓인
흰 국화꽃 한 송이, 그를 사랑했던 살아남은 자들의 슬픔, 목이 울컥 메
어옵니다.

나쁜 남자, 사랑을 만나다

"당신을 사랑해요. 나와 결혼해 주세요."

그는 멍한 표정으로 그녀를 바라보았다. 그는 자신의 인생에서 이런 순간이 오리라고는 꿈에도 생각해보지 않았다. 누군가를 사랑하고 사랑을 받게 된다는 것은 다른 세계에 속한 사람들의 일이었다. 오랜 시간 신중하게 생각해왔던 말이었는지 그녀의 눈빛은 전혀 흔들림이 없었다.

그는 아주 흉악한 범죄를 저지르고 도망을 다니고 있었다. 얼굴도 알지 못하는 미혼모 엄마에게 버림을 받았던 그는 고아원에서 자라났다. 고아원 출신이라고 무시하는 친구들 틈에서 유년시절을 힘들게 보낸 그는 고등학교에 들어가자마자 조직폭력배의 일원이 되었다. 본드와 마약을 하면서 소년원과 감방을 제집 드나들듯 했다.

조직의 행동 대원이던 그는 보스의 명령을 받고, 조직을 탈퇴한 조직원 한 명을 잔혹하게 살해하고 도망을 다니는 중이었다. 그는 조직에서 마련해준 도피 자금으로 서울을 떠나 먼 남쪽 바닷가 도시에 정착했다. 그는 성형수술을 받고 타인의 주민등록증을 훔쳐서 과거의 자신과는 전혀 다른 사람으로 살아갔다.

할인 마트에서 배달 사원으로 일하게 된 그는 그곳에서 판매 사원으로 일하는 그녀를 만났다. 그녀는 모든 사람에게 친절하고 상냥했지만 특히 무뚝뚝하고 말이 없는 그에게 환한 미소를 자주 지어주곤 했다.

그는 그녀라는 오아시스에 발을 들여놓고 싶었다. 야자수 그늘 아래서 지친 다리를 쉬고 타는 듯한 목을 시원하게 축이고 싶었다. 하지만 그는 자신이 흉악한 살인범이라는 사실을 꿈에서라도 잊어본 적이 없었다.

한 여자를 가슴속에 품는다는 것은 꿈도 꿀 수 없는 일이었다. 그는 그녀의 미소를 떠올리면서 행복감에 젖어들었지만 그에 비례해 죄책감도 점점 더 커져갔다. 자신이 저지른 짓이 얼마나 무서운 일인지 비로소 실감이 되었다.

그에게 결혼하자고 먼저 프러포즈를 한 다음부터 그녀는 더욱 적극적으로 변했다. 그의 자취방에 와서 청소와 빨래를 해주기도 하고 맛있는 음식을 식탁에 차려놓고 가기도 했다.

그는 그녀를 깊이 사랑하고 있었으므로 그녀를 불행에 빠뜨릴 수 없다고 생각했다. 그래서 청혼을 거절하기 위해 그는 한 가지 조건을 내걸었다.

"나랑 결혼하려면 결혼식에 아무도 초대하지 않아야 돼. 가족들도 부를 수 없어. 나를 이해할 수 없겠지만 이유는 묻지 마. 아무에게도 축복받지 못하는 그런 이상한 결혼식을 올릴 수 있겠어? 이래도 나랑 결혼할 수 있겠냐구?"

그는 그녀를 뚫어져라 쳐다보았다. 그녀가 그 조건을 받아들이지 않기를 바랐으나 그녀는 고개를 끄덕였다.

"네, 당신과 함께라면 어디라도 갈 수 있어요. 설령 그곳이 지옥이라도."

아무도 초대하지 않고 결혼식을 올린다는 것은 그녀가 그를 위해 모든 것을 포기해야만 한다는 것을 의미하는 것이었다.

그는 처음으로 생에 대해 먼저 손을 내밀고 싶었다. 그는 자신을 무조건적으로 믿어준 유일한 사람인 그녀와 결혼하기로 마음을 먹었다.

조그만 원룸을 얻어 살림을 시작한 두 사람은 서로를 아껴주며 참으로 단란하고 행복한 시간을 보내었다. 그는 이 행복이 문득문득 불안해졌다. 어느 날 문득 자신의 정체가 탄로나 잡혀가게 될 것만 같았다.

어느 날, 퇴근을 한 두 사람은 맛있게 저녁 식사를 하고 있었다. 숟가락을 쥐고 그가 한참 그녀를 뚫어지게 쳐다보았다.

"어머, 왜 그래요? 내가 그렇게 예쁜가? 예쁘면 예쁘다고 말로 해야지."

그녀가 쿡쿡 웃으며 말했지만 그는 진지한 표정을 풀지 않았다.

"유치하게 들리겠지만, 이 말을 꼭 하고 싶었어. 당신은 내 생의 오아시스야. 오직 단 하나밖에 없는 오아시스!"

그의 말에 그녀의 뺨이 붉게 상기되었다.

"어머, 당신 그런 말도 할 줄 알아요? 하나도 안 유치해. 나, 지금 너무 행복해요."

그녀의 행복해하는 표성을 보면서 그는 뜬금없이 자신의 손에 죽어간 사람의 얼굴을 떠올렸다. 자신의 손에 죽어간 그에게도 사랑하는 사람, 그를 사랑해 주었던 사람이 있었을 것이다. 견딜 수 없는 죄책감 때문에 그는 참을 수 없는 고통을 느꼈다.

그녀가 노릿하게 잘 구워진 삼치의 살을 발라 그의 밥에 올려주는 순간, 초인종 소리가 들려왔다.

결혼을 하고 그동안 집에는 아무도 찾아오지 않았기에 두 사람은 서로의 얼굴을 놀란 표정으로 쳐다보았다.

그의 뇌리에 불길한 예감이 언뜻 스쳤다. 초인종 소리는 멈추지 않았다. 그는 숟가락을 식탁에 내려놓고 의자에서 일어섰다. 그의 얼굴이 딱딱하게 굳어있는 것을 본 그녀의 시선이 불안하게 흔들렸다.

그가 그녀를 안심시키고 현관문을 열었다. 문을 열자마자 건장한 덩치의 형사 두 명이 날쌔게 달려들어 그에게 수갑을 채웠다. 그는 체념을 한 듯 아무런 반항도 하지 않았다.

너무 놀라고 공포에 질려서인지 그녀가 바닥에 털썩 주저앉았다. 그가 그녀를 돌아다보며 말했다. 하지만 그 말소리는 입 밖으로 새어나오지 않았다.

"미안해! 한순간이라도 나를 믿어줘서 고마워. 사랑해!"

그가 차마 입 밖으로 내지 못한 그 말을 그녀는 알아들었다. 그는 그녀를 남겨두고 형사들에게 끌려 나갔다.

잠시 정신을 놓고 있던 그녀는 벌떡 일어서서 밖으로 뛰어나갔다. 엘리베이터 문이 막 닫히려 하고 있었다.

"여보! 나, 아기 가졌어요. 당신이 이제 곧 아빠가 된다구요."

그와 그녀의 시선이 닫히는 엘리베이터 문틈 사이로 아프게 부딪쳤다. 소스라치게 놀란 그의 눈동자가 금방이라도 튀어나올 것만 같았다.

　닫혀버린 엘리베이터 문 속에서 들려오는 그의 마지막 외침이 메아리처럼 울려 퍼졌다.

　"사랑해줘서 고마워! 나같이 나쁜 놈을, 사랑해줘서 정말 고마워!"

이제 겨우 사랑을 알게 된 한 남자가 있고 씻을 수 없는 죄를 저지른 그를, 나쁜 남자를 사랑한 한 여자가 있습니다. 그러나 그들, 단 한 번이라도 사랑한 적이 있었으므로 헛된 인생은 아니었을 테지요.

가지 못한 길

당신이 건강하실 때, 왜 나는 진작 당신과 손을 잡고 더 많은 길들을 걸어 다니지 못했을까요. 아직 당신과 못 걸어 본 저 수많은 길들이 저토록 많이 남아 있는데, 왜 당신은 이렇게 누워만 계신가요.

코스모스가 꿈결처럼 아련하게 흔들리고, 억새풀이 연기처럼 자욱하게 흔들리는 시골 둑길을 왜 걸어보지 못했을까요. 둑길에서 검은 염소 떼를 마주쳤을 때, 서로 놀란 눈빛으로 바라보지 못했을까요. 염소 떼가 지나가길 기다리면서 키득키득 웃어볼 수도 있었을 텐데.

왜, 완만한 능선을 따라 오솔길을 걸어 가보지 못했을까요. 자작나무 숲 속에 앉아 저녁 어스름을 왜 맞이하지 못했을까요. 푸른 숲의 살결에 코를 파묻고 그 아찔하고 짙은 향기를 왜 맡아보지 못했을까요.

오, 당신이 건강하실 때 왜 나는 세상의 수많은 길들을 걷지 못했을까요. 새하얀 모래가 반짝이는 백사장을 걸을 때 발가락 사이를 파고드는 부드러운 모래의 감촉을 느껴보지 못했을까요.

아직도 못 걸어가 본 저 수많은 길들을 남겨두고 당신이 중환자실에 누우신 지 벌써 1년이 지났습니다.

당신이 건강하실 때 같이 시장 한바퀴라도 천천히 돌아보았더라면……. 좌판 위의 등이 푸른 싱싱한 생선과 푸성귀들, 매혹적인 과일들의 붉고 노란 빛깔과 향기만으로도 우리는 배불렀겠지요.

당신이 건강하실 때 왜 당신에게 단 한 번이라도 업어달라고 말을 못했을까요.

왜 나는 당신과 그 많은 일들을 하나도 하지 못했을까요.

당신이 건강하실 때 손을 맞잡고 서툰 춤이라도 한번 추지 못했던 것일까요. 당신 발을 꽉 밟고 까르르 웃음을 터뜨리지 못했을까요.

당신이 건강하실 때, 왜 나는 당신의 건강한 발을 한 번이라도 씻겨주지 못했을까요. 이제 당신은 내가 발을 간질여 보아도 발가락 하나 움직이지 못하는 군요.

오, 당신이 건강하실 때, 나를 두 손으로 꽉 껴안고 사랑한다고 말해달라고 왜 말을 못했을까요.

아이를 무등태우고 놀아달라고 왜 못했을까요.

왜 나는 당신이 건강하실 때 해 저무는 강가에 앉아 손을 맞잡고 강물에 스며드는 노을을 바라보지 못했을까요. 나지막한 음성으로 노래 한 소절을 부르지 못했을까요.

생각해보면 당신이 건강하실 때 못했던 일들이 수천 가지가 넘지만 그래도 다행이에요, 정말 다행이에요, 당신이 내 곁에 살아 있어 줘서. 당신의 볼을 만져볼 수 있도록 해줘서, 당신의 손을 만져볼 수 있도록 해줘서…… 고마워요, 당신!

 소중한 당신, 부디 아프지 말아요. 건강한 두 팔로 사랑하는 사람도 껴안을 수 있고 튼튼한 두 다리로 자전거를 타며 휘파람을 불 수도 있고, 맑은 개울물에 발을 담그고 아이처럼 퐁당퐁당 물장구도 쳐보고…… 하고 싶은 일들이, 가보고 싶은 길들이 저토록 많이 남아 있어요.

뚝지와 아버지

"나는 도무지 이해를 못하겠네. 어떻게 하나 뿐인 아들한테는 학비도 벌어 쓰라고 하고, 그 험한 노가다도 시키면서 매일 다른 사람들에게는 무료 급식 봉사를 할 수가 있나. 다들 형편 되면 자식들 유학도 보내고 배낭여행도 보내고 대학가면 차도 사주고 그러던데, 자네 정도면 아들한테 그렇게 야박하게 할 형편도 아니잖나?"

"자네 말이 맞아. 나는 위선자야."

"내 말은 그게 아니고……."

"자네 혹시, 뚝시라는 물고기에 대해 들어본 적 있나?"

"뚝지?"

"멍텅구리라고도 불리는 그 바닷물고기는 말일세, 이 고지식하고 바보 같은 물고기는 새끼들이 알에서 깨어 나올 때까지 그 자리를 지켜. 자기가 다른 물고기 밥이 되는 순간까지도 알들을 지키려고 그 자리에서 도망가지 않는다고 그러는 구면."

"그런데 왜 갑자기 뚝지 이야기를 하나?"

"한 1년 전인가 텔레비전에서 동해의 포식자 대왕문어라는 다큐멘터리를 본 적이 있다네. 대왕문어가 가장 힘 안들이고 먹이로 삼는 물고기가 뭔 줄 아는가?"

"뚝지겠지. 알에서 새끼가 나올 때까지 자리를 지킨다고 금방 자네가 말하지 않았나."

"맞다네. 암컷 뚝지가 알을 낳고 떠나가면 수컷 뚝지가 그 자리에서 꼼짝도 하지 않고 알을 지킨다네. 알에서 새끼 물고기가 깨어 나올 때까지 꼼짝 않고 40일 정도를 지키고 있는 그 멍텅구리 같은 물고기 한 마리가 나를 울게 만들었다네. 새끼 물고기가 태어날 무렵에는 몸에서 영양소가 다 빠져나가 쭈글쭈글하게 변해버리지. 거 있잖나? 살아있는 물고기가 아니라 너덜너덜한 천 조각처럼 보이더구면. 기력이 떨어져 죽어가는 수컷 뚝지는 제 몸을 기어코 새끼들의 먹이로까지 제공하더구면."

"정말 희한한 물고기도 다 있네. 그런데 왜 난데없이 뚝지 이야기를 하나?"

"나는 무던히도 아버지 속을 썩인 나쁜 아들이었다네. 중학교 3

학년 때 동네 사람들한테 내가 고아원에서 데려온 양아들이라는 소리 듣고 세상이 무너지는 듯한 충격을 받았지."

"흠, 그랬구먼. 충격 받을 만도 했겠네. 나라도 그랬을 거야."

"내가 다섯 살 때 어머니가 돌아가시고, 아버지는 재혼도 안 하고 혼자서 나를 키웠어. 사람들은 아버지가 재혼을 안 한 이유가 나 때문이라고 했어. 양아들이 새엄마한테 혹시 구박이라도 받을까 싶어 아버지가 재혼을 안 한 거라고 그랬어.

그때부터 학교도 가지도 않고 아버지 속을 썩이다가 가출을 해버렸지. 그러다가 돈이 떨어져 아버지 집을 털기로 마음을 먹었어. 아버지는 상당한 재력가셨거든.

친구와 짜고 어두운 밤을 틈타 담을 넘었다네. 복면을 하고 말이지. 그런데 아버지께서는 10년 만에 도둑이 되어 나타난 나를 한번에 알아보셨어. 내 이름을 부르는데 등골이 서늘했어. 나는 아무 대답도 하지 못하고 있는데 친구가 아버지를 꽁꽁 묶고 재갈을 물렸어."

"어떻게 그런 짓을 할 수가 있나?"

"그러게 말일세. 짐승보다 못한 놈이었지. 그땐 정말 눈이 뒤집혔었는가 봐.

아버지한테서 훔쳐온 통장과 돈으로 흥청망청 놀았지. 그 몇 달 뒤 나는 아버지가 돌아가셨다는 것을 알게 되었어. 당뇨를 앓고 계셨지만 아마도 나 때문에 충격을 받아 돌아가신 걸 거야. 아버지는 모든 재산을 고스란히 내 앞으로 물려 놓으셨더구먼. 나는 그게 더 무서웠어. 이제 나쁜 짓도 끝이구나 싶었어.

아버지의 장례식에서 눈물 한 방울도 흘리지 않았는데 이제는 아버지라는 말만 들으면 속에서 뜨거운 게 울컥 치밀어오르곤 한다네. 내 죄를 어떻게 다 갚아야 하는가 싶어."

"그래서 그때부터 자네가 마음을 잡고 여기까지 왔구먼."

"아버지는 친아들도 아닌 나에게 모든 걸 남김없이 주시고 가셨어. 세상의 모든 노인들이 내 아버지 같아. 특히나 자식들에게 따뜻한 밥 한 끼 못 얻어 드시는 노인들을 보면 더 그래.

나는 무료 급식이라도 하지 않으면 내 죄를 영원히 못 씻을 것만 같아. 우리 아들 그만하면 됐다, 하시는 아버지의 그 말씀 한마디만 들을 수 있다면 얼마나 좋을까? 그때까지 내 몸에 기력이 있는 한 언제까지라도 가난한 노인들에게 밥을 대접해야 해."

"나는 그것도 모르고 자네 욕만 했지 뭔가. 제 자식한테는 수전노처럼 굴면서 가난한 노인들한테 무료 급식하는 거 보고 혀를 찼지 뭔가. 미안하네."

"아니야, 나는 죄인이야. 짐승만도 못한 아들한테 모든 걸 주고 가신 아버지. 뚝지처럼…… 아버지 생각만 하면 지금도 가슴이 미어져."

뚝지라는 물고기를 보신 적이 있나요? 대왕문어의 먹이가 되는 순간에
도 알들을 지키기 위해 자리를 뜨지 않는 수컷 뚝지의 부정이 눈물겹습
니다. 세상 모든 사람이 외면해도 끝까지 믿고 사랑하고 기다려주는 사
람이 있습니다. 아버지, 그립습니다.

아주 특별한 친정엄마

"애, 너 수희 맞지?"

수희는 희망보육원으로 가는 골목길에서 안젤라 수녀님과 정면으로 딱 마주쳤다. 수희는 고개를 푹 수그렸다. 그리고는 홱 돌아서서 뛰어가다가 돌부리에 걸려 넘어지고 말았다. 수희의 등 뒤에 업힌 아기가 자지러지게 울었다. 기저귀 가방 속에 들어있던 분유통과 우유병이 길바닥에 떨어져 나뒹굴었다. 수녀님이 뛰어와서 수희를 일으켜 세웠다.

"세상에! 수희 맞구나. 다치진 않았니? 이렇게 추운데 들어오지 않고. 저런! 볼이 발갛게 얼었구나. 내가 널 얼마나 기다렸는지 아니?"

"수녀님!"

"그래, 네 맘 다 안다. 그래, 내 딸! 정말 잘 와주었다."

안젤라 수녀는 수희를 꽉 껴안고 어깨를 두드렸다. 아기를 업은 수희는 안젤라 수녀님을 따라서 보육원으로 머뭇거리며 들어갔다.

보육원 마당은 세월이 많이 흘렀는데도 달라진 것이 하나도 없어 보였다. 마당에는 토종닭 몇 마리가 모이를 쪼아 먹으며 한가롭게 오가고 있었다.

수희가 이 보육원을 도망친 것은 열일곱 살 무렵, 5년 전의 일이었다. 보육원을 도망쳐 거리에서 생활을 하던 수희는 가출한 아이들과 어울려 다니며 본드 흡입을 하거나 온갖 나쁜 일들에 물들어 갔다. 돈벌이가 될 만한 일이라면 나쁜 일인지 아닌지 물불을 가리지 않고 했다.

스물한 살 때 수희는 역시 가출한 한 남자를 만났다. 그 남자 아이와 동거에 들어가 아기까지 낳게 되었다. 그 아이가 바로 민재였다. 하지만 철이 없던 남자는 걸핏하면 수희를 두들겨 팼다.

수희는 남자에게 맞을 때마다, 안젤라 수녀님에게 안겨 엉엉 울며 위로를 받던 때를 떠올렸다. 안젤라 수녀님은 어린 수희가 남자 애들에게 맞거나 큰 아이들에게 괴롭힘을 당할 때 친엄마처럼 다독거려 주고 위로해 주었다.

술에 취한 남자가 어린 민재까지 때리기 시작하자 수희는 도망을 치기로 마음먹고, 남자가 잠든 틈을 타 집을 나와 무작정 기차를 탔다. 하지만 딱히 갈 곳이 없었던 수희는 어쩔 수 없이 이곳 희망보육원까지 오게 된 것이었다.

안젤라 수녀님은 5년 만에 아기의 엄마가 되어 돌아온 수희에게 아무것도 묻지 않았다. 안젤라 수녀님은 민재를 너무나 귀여워했다. 보육원 일을 하면서도 민재를 업고 다니기를 좋아했다.

수녀님은 여전히 보육원의 한 귀퉁이에 있는 닭장에서 닭을 키워 아이들에게 맛난 계란을 삶아주기도 했다. 수녀님의 손을 거치면 보육원의 모든 살림이 윤이 나고 정갈해졌다. 보육원의 아이들은 하나같이 다들 토실토실하고 건강해 보였다.

자주 울음을 터뜨리던 민재도 보육원으로 오고 나서부터는 방긋방긋 웃음을 짓곤 하였다. 어쩌면 안젤라 수녀님은 수녀복 속에 천사의 날개를 감추고 있을지도 모른다고 수희는 생각했다.

햇볕이 좋은 겨울 오후였다. 쉰이 넘은 수녀님은 힘이 들 텐데도 민재를 업고 평상에 앉아 빨래를 개며 수희를 바라보았다.

"네가 나에게 처음 왔을 때가 민재만 했단다. 얼마나 귀여운 아기였는지 모른단다. 난 그렇게 예쁘고 순한 아기를 여태껏 본 적이 없단다. 아기였던 네가 아기 엄마가 되다니, 정말 세월이 화살처럼 빠르구나."

"수녀님 죄송해요. 그토록 저를 잘 돌봐주셨는데, 저는 이렇게 깨진 그릇처럼 엉망이 되어 돌아왔어요."

"아니다. 넌 절대 깨진 그릇이 아니야. 넌 길을 가다 넘어져 무릎을 약간 다친 것뿐이야. 다시 일어나 가던 길을 걸어가면 되는 거야. 네가 날 잊지 않고 제일 힘들 때 찾아와준 것만 해도 너무 고맙다. 그리고 민재를 업고 온 네가 너무 대견했단다. 아직 어리지만 자기 자식을 책임지겠다는 너를 보니, 얼마나 고맙고 대견한지. 짐승들도 하물며 자기 새끼를 보듬는데, 사람이라면 마땅히 해야 하는 일이 제 자식을 거두는 일이 아니겠니. 그게 사람노릇이야. 수희야, 나는 네가 정말 자랑스러워. 내가 딸 하나는 바로 키웠다는 생각이 드는구나."

"수녀님, 저 이젠 영원히 수녀님과 함께 희망보육원에서 살 거예요."

"아니다, 수희야. 네가 언제든지 나가고 싶을 때 나가도 좋아. 그런데 다음에는 절대 그날 밤처럼 몰래 나가지만 말아다오."

"수녀님!"

"왜?"

"저…… 수녀님께 엄마라고 한번 불러 봐도 돼요?"

"그럼 되고말고. 나는 네 친정엄마야, 친정엄마! 친정엄마한테 엄마라고 불러도 되냐고 그러는 딸이 세상에 어딨니?"

처음 말을 배우는 아이처럼 어색한 느낌이 들어 수희는 침을 꼴깍 삼키고는 머뭇거리다가 입을 뗐다.

"······엄마!"

"그래, 내 딸아!"

수희를 쳐다보는 안젤라 수녀님의 눈에는 눈물이 글썽거렸다.

"우리 엄마가 세상에서 제일 좋아요."

"나도 수희랑 민재가 제일 좋아."

"엄마, 사랑해요!"

수희는 늙은 안젤라 수녀님의 목을 끌어안았다. 안젤라 수녀님의
등 뒤에 업힌 민재가 팔을 나뭇가지처럼 활짝 벌리고 활개를 치며
까르르 웃고 있었다.

 넌 절대 깨진 그릇이 아니야, 라고 말하시는 안젤라 수녀님. 눈처럼 새하
얀 빨래에 내려앉는 겨울 오후의 햇살이 금빛가루처럼 반짝거립니다. 수
희를 믿고 기다려준 안젤라 수녀님의 그 넓고 깊은 사랑, 사랑은 한 사
람만을 배타적으로 사랑하는 것보다는 만인을 위한 사랑으로 번져나갈
때 눈부시게 아름답습니다.

흉터는
몸에 핀 꽃이다

결혼식을 열흘 앞두고 큰 교통사고를 당한 예비 신부가 있었다.

7년 동안 변하지 않고 한결같이 사랑했던 사람과 결혼을 앞두고 그녀는 참으로 행복했다. 그날은 먼저 결혼한 친구와 백화점에서 만나 신혼집에서 사용할 그릇들을 보기로 한 날이었다.

건널목 저편에서 친구가 손짓을 하고 있었다. 친구에게 그쪽에서 기다리라는 손짓을 하고는 빨간불에서 초록불로 바뀌자마자 횡단보도를 재빨리 건너기 시작했다. 그러다 뒤미처 급하게 달려오던 덤프트럭에 부딪히고 말았다.

온몸에 중상을 입은 그녀는 몇 번의 전신마취수술을 받아야만 했다. 팔과 다리에 골절상을 입은 것은 아무것도 아니었다. 차바퀴에

옷자락이 걸려 4미터나 끌려갔던 그녀의 얼굴과 온몸에는 끔직한 흉터가 생겨버렸다. 한때 탤런트를 하라는 권유를 받을 정도로 고왔던 얼굴은 흉터로 뒤덮이고 말았다.

그녀는 매일 문병을 오는 그에게 화를 내며 가라고 소리소리 질렀다. 그의 부모들도 그에게 그녀를 단념하라고 설득하고 있었다. 그 사실을 알게 된 그녀의 배신감과 분노는 날로 더 커졌다.

"가, 가란 말이야. 나 같은 끔직한 괴물 따위는 잊어버리란 말이야. 지금은 내가 불쌍해서 이렇게 매일 찾아오겠지만 당신도 변할 거라구. 당신도 내가 끔직하잖아. 착한 척하지 말란 말이야."

"나한테는 오로지 너 하나 뿐이야. 달라진 건 아무것도 없어."

"흥! 당신도 매스컴 타고 싶은가 보네. 식물인간이 된 아내 간호하는 남편처럼 말이야. 꿈 깨셔. 나는 당신 같은 위선자와는 결혼할 마음 추호도 없으니까."

"내가 오는 게 그렇게 싫어?"

"그래, 끔직해."

"정말이야?"

그녀가 다친 이후 1년이란 긴 시간 동안 한 번도 찡그린 얼굴을 보이지 않던 그가 정색을 하고 물었다. 그녀는 순간 가슴이 철렁 내려앉았다.

그녀는 눈빛이 흔들리는 것을 들키지 않으려고 고개를 핵 돌리면서 그에게 마지막으로 표독스럽게 쏘아붙였다.

"이제 내 눈앞에서 영원히 사라져 버려! 다시는 내 앞에 나타나지 마!"

"그 말 후회 안 할 자신 있어?"

"그래, 자신 있어, 있다구. 죽어도 후회 안 해."

그가 힘없이 자리에서 일어섰다. 그는 그녀에게 간다는 말 한마디도 하지 않고 병실을 뚜벅뚜벅 걸어서 나가버렸다. 그의 구둣발이 그녀의 가슴을 밟고 가는 것처럼 마음이 아팠다. 영영 자기를 떠나가는 것만 같아 가슴이 갈기갈기 찢어지는 것만 같았다. 그녀는 울음소리가 병실 밖으로 새어나가지 않게 침대 시트를 이빨로 꽉 깨물고는 울음을 속으로 삼켰다.

그렇게 가버린 그는 일주일이 지나도 나타나지 않았다. 가라고 말은 그렇게 했지만 그녀의 마음은 그게 아니었다. 그가 없으면 하루라도 못 살 것 같았다. 그가 떠난 후로는 시트를 뒤집어쓰고 우는 것이 그녀의 하루 일과가 되어버렸다.

그날은 그가 병원에 발걸음을 끊은 지 한 달째 되는 날이자 그녀의 생일날이었다. 그는 그녀의 생일이면 그녀의 나이에 맞추어 붉은 장미를 선물하곤 했다. 그녀는 머릿속을 가득 채우고 있는 그의 얼굴을 밀어내려고 마구 고개를 흔들었다. 저도 모르게 눈물이 볼을 타고 주르륵 흘러내렸다.

시트를 뒤집어쓰고 울고 있는 그녀의 어깨에 누군가 손을 대는 것 같은 느낌이 들었다. 그녀는 시트를 얼굴에서 끌어내리고 눈을 떴다. 그녀의 퉁퉁 부은 눈이 화등잔만 해졌다. 짙고 강렬한 장미향 기가 그녀를 아찔하게 만들었다. 새하얀 안개꽃에 둘러싸인 화사한 장미꽃 바구니가 그녀의 눈앞에 있었다.

"아이구, 우리 울보 공주님, 내가 그렇게 보고 싶었어요?"

영영 떠나버린 줄 알았던 그가 머리맡에 앉아서 넉살좋은 표정으로 그녀를 내려다보고 있었다. 그는 그녀의 볼에 난 흉터를 매만졌다. 그녀는 뾰루퉁한 표정으로 그의 팔을 밀쳤다. 그가 다시 손을 내밀며 그녀의 볼을 쓰다듬었다.

"이 흉터는 네 몸에 핀 아름다운 꽃이야."

"농담 하지 마. 꽃이라니?"

"그래, 꽃! 흉터는 흉하고 끔찍한 게 아니라 다르게 보면 몸에 핀 꽃이야. 옹이가 뭔지 아니? 나뭇가지를 잘라낸 자리에 남는 그루터기를 말하는데, 옹이는 나무의 흉터야. 옹이가 있는 나무가 더 단단해지는 법이야. 흉터는 상처와 싸워서 이긴 흔적이지. 우와! 우리 아가씨 얼굴에 꽃 많이 피어 있네. 화사한 꽃밭이네."

"아이, 몰라. 놀리지 마."

사고가 난 이후 처음으로 기적처럼 그녀의 얼굴에 미소가 피어올랐다. 흉터를 꽃이라고 말해준 그를 쳐다보는 그녀의 두 눈에는 눈물이 그렁그렁했다. 두 사람이 큰 소리로 웃음을 터뜨리자 병실 문을 열고 들어오던 간호사도 미소를 지으며 슬프고도 아름다운 연인들을 쳐다보았다.

처음에는 눈이 크고 아름다워서, 키가 크고 날씬해서, 피부가 우유처럼 하얘서 사랑했을지라도, 눈이 먼다 하여도 다리를 절게 된다 하여도 변하지 않는 마음이 있습니다. 끝까지 그 사랑을 지켜내는 사람은 얼마나 아름다운가요.

바다는
엄마의 눈물이다

오전 아홉시 반, 대충 설거지를 끝내 놓고 주전자에 커피 물을 데운다. 커피를 마시며 나는 시집을 펼쳐든다. 친구가 생일 선물로 사준 시집이다.

명색이 논술교사이면서도 시집을 손에 든 지도 근 10년이 지났다는 생각이 든다. "눈물은 왜 짠가"라는 시에서 한참 시선이 머문다. 싸하고 아릿한 슬픔이랄까, 얼음물에 손을 담갔을 때 손끝에 얼음이 닿는 듯한 느낌이랄까? 하여간 몇 가지 느낌이 한꺼번에 몰려든다. 그때 전화벨이 울린다.

"야야, 내다."

"응, 엄마! 이 아침에 무슨 일이야. 무슨 일 있어?"

딸내미인 나는 엄마의 전화를 이런 식으로 받는다.

"큰일은 아이고 내가 좀 다칫다."

"뭐? 어디 다쳤는데?"

"어제 내가 식당에 출근하는 길에 택시에 바칫다 아이가?"

심장이 덜컥 내려앉는다.

"뭐라구? 세상에 이를 어째. 많이 다쳤어? 어제 연락하지 왜 지금 전화해?"

화도 나고 엄마도 불쌍하고 그래서 내 목소리가 왕창 커진다.

"어제는 별로 안 아팠다 아이가? 그래서 출근했다. 그란데 오늘은 쪼매 아푸다."

"그 몸을 해가지고 출근했단 말이야? 훈이는 어딜 가고?"

"훈이는 어제 경기도에 볼 일이 있어서 거기 간다카길래 내가 연락 안 했다. 많이 아프지도 않고, 훈이는 오데 신경 쓰마 운전도 잘 몬 한다 아이가?"

"알았어, 지금 갈 테니까 기다려."

엄마의 집과 나의 집은 거의 한동네나 마찬가지다. 우리 아파트 베란다에서 내다보면 엄마가 사는 임대아파트가 보일 정도로 가까운 거리에 산다. 그러나 나는 자식들 중에서 엄마에게 가장 전화도 뜸하게 하고 잘 찾아가 보지도 않는 이기적인 딸내미다. 환갑이 지난 엄마가 식당 주방일을 하는데, 남편 사업이 엉망이라는 핑계로 용돈 한번 못 드리는 내 처지 때문인지도 모르겠다.

엄마는 천만다행으로 크게 다치진 않았다. 택시 운전사와 연락이 닿아 엄마를 모시고 병원으로 가서 엑스레이를 찍고 물리치료를 받았다. 택시에 정면으로 부딪혔다면 정말이지 끔찍한 일이 벌어질 뻔한 아찔한 상황이었다. 다행히 택시의 옆쪽에 부딪혀 어깨가 쑤시고 타박상을 입은 정도였다.

엄마는 내가 알고 있는 사람 중에서 가장 낙천적인 사람이다. 그래도 이만해서 다행이라고 했다. 어떤 일이 닥쳐도 늘 '이만해서 다행이다' 라고 말하는 울 엄마. 엄마는 하도 먹고 살기 바빠 우울증이나 스트레스가 뭔지도 모르고 사신 분이다. 아버지가 일찍 돌아가시고 오직 엄마의 노동으로 5남매를 알뜰하게 건사하고 키워내신 분이다.

엄마는 공기나 물 같은 사람이었다. 지천으로 늘려있으면서도 단 한 번도 뼈저리게 고마움을 느끼지 못했던 존재. 그림자 같은 사람. 엄마가 새벽부터 한밤중까지 엉덩이 한번 붙일 틈도 없이 들락날락 하루 종일 부산을 떨어야 우리 가정의 일상이 겨우 유지되었다.

따지고 보면 우리 5남매는 엄마의 늘 부족한 새벽잠을 파먹고 노동을 파먹고, 엄마의 몸과 마음까지 파먹고 포동포동 살이 오른 애벌레였는지도 모른다. 자식들은 자신의 힘으로 날개를 만들어 날아오른 줄로만 알고 살아간다.

엄마는 초등학교도 나오지 않으신 분이지만, 더듬거리며 버스 노선을 겨우 읽으시는 분이지만, 세상의 어느 위대한 철학자보다도, 위인들보다도 어떻게 살아가야 할지를 잘 알고 있는 분이다. 어떤 힘겨운 일이 닥쳐도 늘 이만해서 다행이라고 말하시며 희망을 잃지 않으신다.

엄마와 나는 늦은 점심을 먹으러 칼국숫집으로 들어갔다. 엄마는 나의 그릇에 자꾸 칼국수 건더기를 덜어 놓는다. 아침에 읽었던 시 구절이 떠오른다. "고깃국물이라도 되게 먹어"*두라면서 아들의 국그릇에 국물을 덜어주던 그 어머니와 목이 메어와 울컥 치받치는 아들, 그 모자간의 눈물겨운 장면.

엄마! 나의 영원한 불가사의, 저 알 수 없는 희망의 발원지, 세상의 모든 더럽고 추한 것들을 받아들여 풍성하게 생명을 키워내는 바다. 바닷물은 눈물처럼 짠 맛이 난다. 어쩌면 세상 어머니들의 눈물이 모여 바다가 된 건지도 모르겠다.

바다는 어머니의 눈물이다.

어머니께서 흘린 눈물의 전부는 자식들 때문에 흘린 눈물일 것입니다. 세상의 바닷물이 그토록 짠 이유는 아마도 세상 어머니들이 흘린 눈물이 그리로 다 모여든 때문이 아닐까요. 어머니, 당신의 눈물이 우리를 이만큼 키워냈습니다.

* 함민복 시인의 시 「눈물은 왜 짠가」에서 인용

없지만 있는 아빠

"학교 다녀왔습니다."

습관적으로 열쇠를 따고 큰 소리로 말한다. 하지만 아무런 대답도 들리지 않는다. 집이 물 속처럼 조용하다. 아이는 금붕어처럼 입을 벙긋벙긋 해본다. 눈을 감고 팔을 벌려 헤엄치는 시늉을 해본다. 아이는 자기가 금붕어로 변해 집 안을 헤엄쳐 다니는 것 같다고 생각한다.

아이는 소파에 벌렁 드러누워 천정을 멀뚱멀뚱 쳐다본다. 점심때 학교에서 밥을 많이 남긴 게 후회가 된다. 배가 몹시 고프다. 냉장고 문을 열어본다. 아래칸 위칸을 살펴보아도 도무지 먹을 만한 간식거리가 없다. 싱크대 찬장을 열어본다. 라면 몇 봉지가 들어있다.

라면을 끓여 먹을까 하다가 자신이 없어서 그만둔다. 지난번에 라면을 끓이다 펄펄 끓는 국물을 쏟아 발을 덴 이후로 아빠가 가스

렌지에는 손도 못 대게 했다.

가정통신문을 읽어보는 아빠의 안색이 변한다. 엄마가 급식 당번으로 참석하라는 내용이다.

"꼭 참석 안 하셔도 돼요. 못 오시면 제가 선생님께 사정을 말씀드리면 돼요."

아이가 다 이해한다는 듯 어른스럽게 말하자 아빠는 일부러 헛기침을 한다. 아빠가 난처할 때마다 나오는 버릇이다.

"아니다. 내일 학교에 가마."

아이는 괜히 불안해진다. 내일은 회사 출근하시는 날인데 어떻게 학교에 오시려고 하는 거지? 그래도 아빠가 오신다고 하시니까 기분이 좋다.

점심시간이다. 급식을 하는 엄마들이 앞치마를 입고 밥을 담아주고 있다. 그러면 그렇지, 아빠가 오실 턱이 없지.

그때 아빠가 앞문으로 멋쩍은 웃음을 지으며 들어온다. 예쁘게 화장을 한 엄마들 틈에 서서 국을 퍼주는 아빠의 모습이 약간 웃긴다.

"어, 남자가 앞치마를 입었다. 와! 웃긴다, 웃겨."

"허허, 아저씨 모습이 우습니? 호텔에 가면 일류 주방장은 다 남자란다. 일류 주방장이 퍼주니까 오늘은 특별히 국이 더 맛있을 거야."

옆에서 반찬을 담아주는 아줌마들이 웃는다.

"아저씨는 누구 아빠예요?"

"왜 아줌마가 안 오고 아저씨가 왔어요?"

아빠가 아이의 얼굴을 쳐다본다. 아이는 순간 부끄럽다는 생각이 든다. 아빠가 내 이름을 말하면 어떡하나. 친구들이 엄마도 없는 아이라고 놀리면 어떡하지. 왜 아빠에게 급식 당번으로 오라고 말했을까? 온갖 생각들이 뒤죽박죽 몰려든다.

"어, 나는 심정수 아빠야."

"그럼 정수는 엄마 없어요?"

아이는 그 아이의 얼굴을 한 대 쥐어박고 싶다. 아빠의 얼굴이 어두워진다.

"그래, 씨이, 나 엄마 없어. 난, 엄마 없어서 아빠보고 급식 당번 오라고 했다, 왜!"

아이는 씩씩거리며 한마디 내뱉고는 교실 밖으로 뛰어나간다. 플라타너스 나무 아래 벤치에 앉아서 하늘을 올려다본다. 앞치마를 입은 아빠가 뛰어온다. 숨을 몰아쉬며 아이 곁에 앉는다.

"심정수!"

아빠도 눈을 가늘게 뜨며 하늘을 올려다본다.

"아빠, 엄마가 하늘에서 우리를 내려다보았다면 뭐라고 했을까?"

"아이구, 우리 새끼 많이 컸네, 하면서 엉덩이 툭툭 두드려 주셨겠지. 정수 볼에 뽀뽀도 해주고."

"정말? 내가 화를 냈는데도?"

"정수가 그래도 엄마 없는 거 부끄럽게 생각하지 않고 밝힌 거는 잘한 거야. 화를 내면서 말한 것만 빼고. 숨기는 거보다는 백배 마음이 편할 거야. 엄마 아파서 돌아가신 것을 왜 부끄러워해야 하는데?"

"맞어, 아빠! 엄마도 아빠 칭찬해 주실 거야. 이렇게 앞치마 입은 아빠보고 잘했다고."

아빠가 아이를 꼬옥 껴안아 주며 아이의 눈빛을 들여다본다. 아빠의 눈동자 속에 아이의 얼굴이 들어있다.

"정수야, 우리 들어가서 점심 맛있게 먹자. 내가 정수 몫으로 돈가스 두 개나 챙겨놨어."

사랑하는 아들을 위해 아빠는 급식 당번을 하러 학교에 갔습니다. 엄마가 떠난 빈 자리를 메워주려는 아버지의 사랑입니다. 많은 것을 못 해주어도 하루에 한번씩 아이를 꼭 껴안고 사랑한다고 말해주세요. 사랑한다는 그 말을 먹고 아이는 쑥쑥 자랄 것입니다.

슬픈 거짓말

남편과 이혼하고 두 아이를 키우며 살고 있는 그
녀에게 어느 날 전화 한 통이 걸려왔다.

"여보세요."

"안녕하세요? 저, 영호 친구 정민철입니다."

그녀는 갑자기 걸려온 전화에 어리둥절해졌다. 얼마 전에 이혼한
남편의 친구로부터 전화가 걸려 오리라고는 생각지도 못한 일이었
기 때문이다.

"그런데요?"

그녀는 예의가 아니라고 생각했지만 다소 싸늘한 음성으로 대꾸
했다. 헤어진 전 남편과 다시는 얽히는 일이 없었으면 싶었다.

지난 몇 달 동안은 그녀의 인생에서 두 번 다시 생각해 보기도 싫

은 시간이었다. 아무런 문제없이 직장에 잘 다니고 자상한 가장 노릇을 해주던 남편이 갑자기 이혼을 하자고 했다. 여자가 생겼다는 것이었다. 그녀는 배신감에 치를 떨었다. 드라마 속에서나 있을 법한 일이 자신에게도 벌어진 것이었다.

절대 변할 것 같지 않던 남편이 바람을 피웠다는 것은 용서할 수 없는 일이었다. 하지만 아이들을 생각해서 감정만으로 처리할 문제가 아니라고 생각해 그녀는 남편에게 애원을 하며 매달렸다. 하지만 한번 돌아선 남편의 마음은 그녀에게 돌아오지 않았다. 그녀가 이혼에 동의해주지 않자 급기야 그는 옷가지 몇 벌만 챙겨 여자의 집으로 떠나버렸다. 집과 모든 재산은 포기하겠으니 이혼에 동의해 달라는 짤막한 메모만 남겨져 있었다.

몇 달 동안 불면증과 신경증에 시달리던 그녀는 모든 것을 체념하고 남편과 이혼을 했다. 법원에서 만난 남편은 몹시 초췌한 표정이었다.

남편과 헤어진 뒤 그녀는 무슨 일이 있어도 아이들을 혼자 힘으로 잘 키워내겠다고 결심했다. 남편보다 더 잘 살아주는 것이 남편에게 복수하는 유일한 길이라고 생각했다. 원예학과를 다녔던 전공을 살려서 그녀는 화원을 열었다.

매출도 점점 오르고 마음의 위로를 찾아가던 참에 걸려온 남편 친구의 뜬금없는 전화는 그녀의 마음을 착잡하게 만들었다.

"영호가 절대 연락을 하지 말라고 했는데, 전화를 드리지 않을 수 없는 상황이라서……."

"저는 그 사람에 관한 이야기라면 아무런 말도 듣고 싶지 않습니다. 불쾌하군요. 전화 이만 끊겠습니다."

"자, 잠깐만요! 영호가 지금 죽어가고 있습니다. 지금 혼수상태입니다."

"그게 무슨 말이에요? 그 건강하던 사람이 갑자기 혼수상태라뇨?"

"영호가 폐암말기라는 거 모르고 계셨죠? 여자가 생겼다는 거, 거짓말입니다. 식구들을 힘들게 할까 봐 거짓말을 한 거였어요. 저도 얼마 전에 알았습니다. 아무도 모르게 죽어가려고 했던 거였어요. 혼자서 말입니다."

그녀는 들고 있던 수화기를 저도 모르게 떨어뜨리고 말았다.

"여보세요! 여보세요! 듣고 있습니까?"

전화기 속에서는 다급한 음성이 튀어나오고 있었다.

그녀는 택시를 타고 가면서 마음속으로 무수하게 남편의 이름을 불렀다. 회한의 눈물이 볼을 타고 흘러내렸다.

여보, 내가 가는 동안 제발 살아만 있어줘요. 당신이 죽어가는데도 나는 당신이 바람피웠다고 바보같이 원망하고 미워했어요. 제발, 제발 나에게 하루만이라도 시간을 줘요. 한 시간만이라도, 십 분만이라도. 여보! 제발 내가 당신 손이라도 잡아볼 수 있도록, 살아만, 살아만 있어줘요.

그녀는 눈앞에 남편이라도 있는 것처럼 저도 모르게 팔을 뻗어보았지만 택시의 차가운 유리창만 손바닥에 닿을 뿐이었다.

아내를 아프게 하지 않기 위해 거짓말을 해야 했던 남편. 그것이 아내를 위하는 길이라고 생각했기 때문이지요. 하지만 정말 그 사람을 사랑한다면 거짓말을 하지 마세요. 사랑하는 사람이 당신의 아픔을 나누어 짊어질 기회를 빼앗지 마세요. 그 사람에게 더 큰 고통을 줄 수도 있습니다.

아프게 해서 미안해요!

지금 그때로 돌아가서 미안하다고 말할 수 있다면 얼마나 좋을까요? 살아오면서 뜻하지 않게 누군가를 가슴 아프게 했던 말들이 이제는 부메랑처럼 돌아와 내 가슴에 박힙니다. 더 늦기 전에 미안하다고 말하세요.

아무 걱정 없이 행복해 보이는 사람들도 다들 마음에 흉터를 지니고 살아가. 그러면서 개그 프로 보면서 배꼽을 쥐고 웃기도 하고, 흉터를 잠깐씩 잊어버리고 그렇게 하루하루를 살아가는 거야. 살다보면 흉터도 조금씩 희미해지고 그래.

삼만 원짜리 친구

오늘 내가 제일 좋아하는 친구인 그녀에게서 가슴 아픈 이야기를 들었다. 아마도 가을이었고 단풍이 너무 고왔고 하늘이 눈이 부시게 푸른 탓에 그 이야기를 꺼내었던 건지도 모른다.

내가 힘들어하거나 어려운 일이 생길 때마다 내 손을 잡아주던 소중한 친구, 눈살 한번 안 찌푸리고 모든 엄살을 받아주던 그녀. 돈 삼만 원 때문에 친구를 잃어버린 이야기를 들려주던 그녀. 그녀의 눈가에 맺히던 이슬이 선명하게 인화된 컬러사진처럼 떠오른다.

열아홉 살 무렵 그녀는 낮에는 간호조무사 일을 하고 밤에는 방송통신고등학교에 다니며 대학을 준비하고 있었다.

그녀가 근무하던 정형외과는 병원 형편에 따라 월급을 주는 일이 많았다. 병원 사정이 좋지 않아 몇 달이나 월급을 못 받은 그녀는 하루하루 피가 마르는 것 같았다.

친구들에게는 더 이상 손을 벌릴 수가 없었다. 방세가 밀리자 집주인 아줌마는 하루가 멀다 하고 그녀에게 방세를 재촉했다. 그녀에게 오는 전화조차 바꿔주지 않았다.

부엌 한 모퉁이에 남아있는 연탄 다섯 장을 쳐다보며 그녀는 한숨을 내쉬었다. 고민에 고민을 거듭하던 그녀는 시골에 계신 아버지에게 편지를 쓰기로 마음먹었다.

어머니가 돌아가시고 혼자서 손바닥만한 논에 벼농사를 지어 겨우 생활하는 아버지에게 지금껏 그녀는 단 한 번도 용돈을 부쳐달라고 하지 않았다. 오히려 생활비를 아껴 아버지에게 가끔씩 용돈을 부쳐드리곤 했다. 아버지는 친구의 보증을 잘못 서는 바람에 농협에 적지 않은 빚을 지고 있었다.

아버지, 처음이자 마지막이에요. 방세가 떨어져서 그러는데, 돈 십만 원만 부쳐주세요. 아버지, 너무너무 죄송해요.

이런 내용의 편지를 써서 집으로 부치는 그녀의 마음은 착잡하기 이를 데 없었다. 아버지에게 돈을 받을 수 있으리라고는 기대하지 않았지만 그래도 요행을 바라는 마음에서였다.

그녀가 편지를 부치고 나서 며칠 후에 아버지의 답장이 도착했다. 편지 봉투 속에는 돈 삼만 원과 편지 한 장이 들어 있었다. 달력 뒷면을 뜯어서 쓴 편지에는 삐뚤삐뚤한 글씨로 이렇게 적혀 있었다.

영란아, 애비가 되어서 딸이 처음으로 용돈을 달라고 하는데 삼만 원밖에 못 부쳐서 미안하구나. 애비가 주변머리가 없어서 돈도 한 닢 빌리지 못했다. 삼만 원밖에 못 부치는 이 못난 애비를 용서하거라. 천금같은 우리 딸, 볼 면목이 없구나.

그녀는 아버지에게 받은 돈 삼만 원을 들고 한참 눈물을 흘렸다. 돈 삼만 원이 아니라, 그 돈이 마치 아버지의 분신처럼 생각되었다. 그녀는 무슨 일이 있어도 이 돈을 쓰지 않겠다고 결심했다. 삼만 원이 아니라 삼백만 원, 삼천만 원보다 더 큰 돈으로 느껴졌다. 그녀는 그 돈을 앉은뱅이책상의 서랍 가장 깊숙한 곳에 숨겨두었다.

아버지로부터 돈을 받은 며칠 뒤였다. 그날은 열아홉 살 생일날이었지만 그녀는 평소와 마찬가지로 라면으로 아침을 때우고 출근했다.

퇴근하고 돌아오니 책상 위에는 생각지도 못한 커다란 곰 인형과 카드가 놓여져 있었다. 그녀의 단짝 정미가 다녀간 모양이었다. 그녀는 정미의 마음 씀씀이에 눈물이 핑 돌았다. 정미는 그녀의 방 열쇠를 갖고 있어서 수시로 들락거리곤 했다. 그만큼 흉허물 없는 친구였다.

정미는 그녀의 모든 것을 속속들이 아는 친구였다. 그녀가 힘든 객지 생활에 어느 정도 마음을 붙이게 된 이유도 정미 때문이었다.

정미는 자신이 가진 모든 것을 그녀에게 나누어주지 못해 안타까워하는 그런 친구였다. 그녀는 곰 인형에 얼굴을 폭 파묻었다. 언젠가 정미와 시장을 걷다가 리어카 위에 실린 곰 인형을 보고, 와 저거 너무 이쁘다, 했던 것을 정미는 기억하고 있었던 모양이었다.

곰 인형을 안고서 그녀는 여느 때와 마찬가지로 책상 서랍을 열고 아버지가 주신 돈 삼만 원을 확인해 보았다. 그런데 돈이 감쪽같이 사라지고 없었다. 귀신이 곡할 노릇이었다. 도대체 누가 훔쳐갔단 말인가. 혹시 정미? 그녀는 고개를 마구 저었다. 그런 생각을 하다니 천벌을 받고도 남을 일이었다. 어떻게 돈 삼만 원에 친구를 의심할 수가 있단 말인가? 입술을 깨물고 방 안을 서성이던 그녀는 그날 밤 정미를 공원으로 불러내었다.

"생일 축하해! 뭐 맛있는 거는 먹었어? 내가 밥도 못 사주고 미안해."

"근데, 저, 정미야……."

"오늘 따라 얘가 왜 이래? 오줌 마려운 강아지같이."

"정미야, 오해하지 말고 들어줘."

"속 시원히 말해 봐. 뭔데 이렇게 끙끙 앓고 그래? 뭐, 남자친구 이야기야?"

"나, 얼마 전에 아버지한테서 난생 처음 돈 삼만 원을 용돈으로 받았거든."

"그런데?"

"그 돈은 내가 처음으로 아버지한테 받은 돈이고 너무 쓰기 아까워 책상 서랍 속에 넣어뒀거든. 근데…… 그 돈이 없어졌어."

미소를 띠고 있던 정미의 안색이 확 변하는 것이 어두운 가로등 아래서도 그대로 느껴졌다. 순간 후회가 밀려왔다. 정미가 벌떡 자리에서 일어섰다.

"그럼, 지금 넌 날 의심하는 거야? 그런 거야? 너, 어떻게……!"

정미는 몸을 홱 돌리더니 어둠 속으로 쏜살같이 달아나 버렸다. 그녀는 뭔가 잘못된 것 같다는 생각을 했으나, 정미의 행동이 더 이해가 가지 않았다. 혹시 정미가 정말 돈을 가져간 게 아닐까.

그날 밤, 그녀는 엎치락뒤치락하며 잠을 이루지 못하고 있었다. 정미가 가져가지 않았다면 도대체 누가 가져간 것일까. 정미가 그토록 심하게 화를 내는 것으로 봐서는 정미가 가져간 것 같지는 않은데, 정말 귀신이 곡할 노릇이었다.

그때였다. 누군가 양철 대문을 쾅쾅 두드리며 울부짖는 소리가 들려왔다.

"영란아! 이 가시내야. 내가 너한테는 기껏 일회용 친구밖에 안 되었던 거니? 말해 봐. 난 너한테 삼만 원짜리 친구밖에 안 되었던 거냐구?"

정미의 울부짖는 목소리는 너무 절절하고 비통했다. 주인아줌마가 대문 쪽으로 달려 나가는 기척이 들렸다. 그녀는 밖으로 나가보아야 한다는 생각이 들었으나, 자는 척하고 일어나지 않았다.

정미는 주인아줌마가 윽박지르는 서슬에 훌쩍거리는 소리를 내며 뭐라고 변명을 했다. 대문 앞은 금방 잠잠해졌다.

며칠 뒤였다. 그녀는 주인집의 열한 살짜리 꼬마가 손버릇이 좋지 않다는 말을 슈퍼에서 우연히 듣게 되었다. 그 꼬마가 다녀가면 슈퍼의 물건이 자주 없어진다는 거였다.

그녀의 뇌리에 퍼뜩 스치는 게 있었다. 인사를 잘하던 꼬마가 웬일인지 그녀의 눈길을 슬슬 피하던 일이 떠올랐다. 그녀의 귀에는 그날 밤 울부짖던 정미의 말이 생생하게 되살아났다.

내가 기껏 삼만 원짜리 친구였냐고? 내가 기껏 일회용 친구였냐고?

"벌써 20년이나 지났네. 그 후로 단 한 번도 정미를 본 적이 없어. 정미에게 단 한 번만이라도 미안하다고 용서를 빌고 싶은데……. 왜 나는 비겁하게도 정미가 대문 밖에서 울부짖을 때 자는 척했을까. 타임머신이라도 있으면 그때로 돌아가서, 그 대문 밖으로 나가서 정미를 꼭 껴안아주고 싶어. 아직도 파란색 철대문만 보면 정미가 문을 탕탕 두드리고 있는 것만 같아. 정미에게 삼만 원짜리 친구밖에 못 되어줘서 정말 미안하다고…… 그 말 한마디를 할 수만 있다면……."

　회한에 가득 찬 그녀의 눈빛은 아주 깊어 보였다. 나는 손을 내밀어 그녀의 손등을 가만히 쓸어주었다. 삼만 원짜리 친구였던 그녀. 그러나 천금보다 더 귀한 나의 벗, 그녀가 눈가에 이슬을 매달고 빙긋 웃었다.

 삼만 원짜리 친구인 그녀가 실은 얼마나 따뜻한 사람인지요. 외로운 할머니의 말벗이 되어주기도 하고 힘든 이들에게 넘치도록 정을 나누어주는 사람입니다. 죄라면 그 시절 뼈에 사무칠 정도로 가난했기 때문이었습니다. 하지만 친구가 문을 두드릴 때 뛰어나가서 친구의 손을 잡아주었더라면……. 늘 후회는 뒤늦게 옵니다.

아름다운 고부간

사이가 아주 좋지 않은 시어머니와 며느리가 있었다. 시어머니는 늘 만나는 사람들에게 며느리 흉을 보았으며, 며느리 또한 시어머니에 대한 불평을 사람들에게 늘어놓곤 했다.

"아이구 우리 며느리 말이야, 인간 말종이야, 인간 말종! 시어머니가 새벽부터 일어나 청소하고 밥하는데 돈 몇 푼 벌어온다고 유세가 말도 못 해. 시어머니를 무슨 파출부로 안다니까. 지 발바닥의 때만큼도 안 여겨. 느지막이 일어나 채려준 밥 먹고 설거지도 안 하고 학교로 뛰어나가고 나면 내가 복장이 터져 못 살겠어. 지가 무슨 애들 가르치는 선생님이라고, 어른 공경을 그 따위로 하는 게 어떻게 애들을 가르쳐."

평소보다 조금 일찍 퇴근한 며느리는 현관문 입구에서 시어머니의 목소리를 듣고 멈칫했다. 시어머니가 동네 할머니들을 모아놓고 자기 험담을 하는 소리를 듣고 기가 막혔다.

며느리는 다녀왔습니다, 하고 인사를 하려다가 다시 집에서 나와 버렸다. 집에 들어가고 싶은 마음이 하나도 생기지 않았다. 남편에게 전화를 해서 화풀이를 할까 하다가 또 싸움만 될 것 같아 그만둬 버렸다.

그녀는 아파트를 한바퀴 돌다가 놀이터로 나가보았다. 학원을 마친 아이가 놀이터에서 놀고 있을 시간이었다. 미끄럼틀을 타고 있던 아이가 반색을 하며 달려왔다.

"와! 우리 엄마다. 놀이터에 웬일이야?"

"웬일은? 우리 지수 보고 싶어서 나왔지. 가서 놀아. 엄마 여기 벤치에 앉아서 너 노는 거 보고 있을게."

그녀는 아이가 노는 것을 쳐다보고 있다가 고개를 돌렸다. 놀이터 뒤에는 노인정이 있었다. 마흔 살쯤으로 보이는 며느리가 지팡이를 짚고 있는 시어머니를 부축해서 노인정을 나서고 있었다. 두 사람은 놀이터 벤치에 좀 앉아 있다가 갈 요량인지 놀이터로 들어와 그녀가 앉아 있는 벤치 옆에 앉았다.

"이미니, 오늘 노인정에서 재미있으셨어요?"

"뭐, 뭐라고? 잘 안 들려."

"재미있으셨냐구요?"

"응, 그래, 그래. 아이구, 세상에서 제일 이쁜 우리 며느리."

늙은 시어머니가 며느리의 등을 툭툭 치는 광경이 아름답게 보였다. 시어머니와 만나기만 하면 낯을 붉히는 그녀로서는 한 번도 상상해본 적이 없는 살가운 풍경이었다.

"보기 좋으네요. 부럽기도 하고. 근데, 그렇게 두 분이서 사이좋게 지내시는 비결이라도 있나요. 저도 배우고 싶네요."

며느리가 부끄러운 듯이 웃으며 대답했다.

"우리 시어머니께서 워낙 저한테 잘 해주세요. 잘 모시지도 못하는데, 저 잘한다고 칭찬해 주시고 그러니까, 죄송해서라도 잘 모시고 싶다는 생각이 들어요. 우리 시어머니 생활 철칙이 바로 대접받고 싶은 대로 대접하라, 이 말 한마디예요. 평생 그렇게 사셨던 분이에요. 굶고 있는 이웃이 있으면 쌀을 퍼다 주시고, 남의 어려움을 자신의 일처럼 안타까워하시고 그랬어요. 정말 쉽고도 어려운 게, 대접받고 싶은 대로 대접하는 일 같아요."

그녀의 마음 한 구석에서 짠한 물결이 밀려오고 있었다.

그 사람이 없는 자리에서 그 사람을 칭찬해 주세요. 당신에게 날을 세웠던 그 사람의 눈빛이 따스한 눈길로 변해 되돌아 올 거예요. 인생의 황금률 중에 하나가 바로 대접 받고 싶은 대로 남을 대접하는 것이라고 합니다. 쉬우면서도 어려운 일이 대접받고 싶은 대로 대접하는 일이 아닐까요.

선인장 화분

아들이 학교에서 늘 맞고 오는 바람에 화가 난 아버지가 있었다. 몸이 약한 아들은 걸핏하면 같은 아파트에 사는 반 아이에게 맞고 왔다.

몇 번이고 때리는 아이의 집에 찾아가 얘기를 하고 학교에 찾아가 선생님과 상담도 해보았지만 그 아이의 손버릇은 고쳐지지 않았다.

애들 싸움이 어른 싸움이 된다고, 이젠 도저히 참고 넘어갈 일이 아니었다. 하나밖에 없는 귀한 아들이 맞고 다니는 것만큼 속이 상하는 일이 어디 있겠는가. 그는 그 아이가 사는 건너편 106동 건물을 노려보았다.

다음 날도 아들은 맞았는지 얼굴이 퉁퉁 부어서 왔다. 아버지는 아들을 다그쳐서 이유를 알아냈다. 역시 그 아이가 아들을 화장실

뒤로 끌고 가서 때렸다는 것이었다.

그는 속에서 울컥 치밀어오르는 분노를 걷잡을 수 없었다. 신발을 신는 둥 마는 둥 하고 냅다 106동으로 뛰어갔다. 마침 문구점 앞에서 그 아이가 오락을 하고 있었다.

그는 아이의 뒤통수를 잡고 놀이터로 질질 끌고 갔다. 겁에 질려 비명을 지르는 아이의 뺨을 올려붙이고 발로 가슴팍을 짓밟기까지 했다. 모래 범벅이 된 아이는 비명을 질렀다. 놀이터에 있던 아이들이 겁에 질린 표정으로 그 광경을 쳐다보았다.

"이 자식, 어디 너도 한번 맞아봐라. 맞는 기분이 어때? 어디 남의 귀한 집 아들을 때리길 때려?"

아이의 울부짖는 소리를 듣고 달려온 아파트 경비원과 동네 주민들이 그를 뜯어말렸다. 경찰에 신고가 들어갔는지 금방 경찰이 출동해 그를 현행범으로 체포했다.

그는 조서를 작성하고 있는 경찰관 앞에서 자신의 입장을 열심히 설명하고 변호했다. 회사에서 일하던 아내가 연락을 받고 파출소에 달려왔다.

"세상에 이게 무슨 일이에요. 왜 그걸 못 참고 아이를 때리길 때려요. 당신이 무슨 폭력배예요? 그 애, 갈비뼈까지 부러졌다는데, 이 일을 어쩌면 좋아요?"

조서를 작성하고 있던 경찰관이 한마디 거들었다.

"그러게 말입니다. 아이 싸움이 어른 싸움 된다더니, 아저씨가 조금만 참으셨어도 이렇게 문제가 커지지 않았을 텐데 안타깝습니다. 아드님의 장래를 생각하신다면 속이 썩어도 다른 방법을 생각해 보셨어야죠. 부모 노릇 한다는 것은 속이 썩어 문드러지는 일입니다."

"그렇다고 병신처럼 늘 맞고만 있으란 말입니까?"

그는 경찰관을 쏘아보며 말했다.

"이 선인장을 한번 보세요."

경찰관이 뜬금없이 선인장을 가리켰다. 그는 책상 앞에 놓인 선인장 화분을 쳐다보았다.

"사람들도 선인장 같은 힘이 있다고 저는 믿습니다. 식물들 중에서 가장 인내심이 강한 식물이 선인장일 겁니다. 선인장은 비가 내리지 않는 사막에서도 제 몸을 스스로 지키며 살아갑니다."

"근데 선인장이 이 일과 무슨 상관이 있단 말입니까?"

"저도 어릴 때는 매일 맞으며 컸습니다. 하지만 교회에 나가시던 저희 아버지는 저에게 이렇게 말했습니다. 얘야, 나는 너를 믿는단다. 어릴 때는 맞기도 해야 하는 법이다. 그래야 맞는 놈 심정도 아는 법이다. 누가 때리거든 다른 쪽 뺨도 내밀어라, 하고 말입니다. 때리는 놈한테 뺨을 내밀라니, 이게 말이 됩니까."

"어떻게 아버지가 그럴 수 있습니까?"

"그래요, 저는 아버지를 엄청 미워했습니다. 단 한 번도 나를 때리던 그 아이 집에 가서 따지는 법이 없었으니까요. 저는 이제 와서야 나를 믿는다고 하신 아버지의 마음을 조금은 알 것 같아요. 아드님을 믿고 기다리시는 것도 좋은 방법일 겁니다. 선인장처럼 스스로 살아가는 법을 터득하게 말입니다."

아이가 힘들어 할 때 나는 너를 믿는다고, 해결 방법을 찾을 때까지 믿고 기다려주세요. 아이를 기르면서 어른들이 말씀하시는 '자식농사'라는 말이 담고 있는 의미를 생각하게 됩니다. 부모의 푹푹 썩은 마음을 거름하여 자라나는 자식들. 부모 되기는 쉽지만 부모답기는 얼마나 어려운가요.

김 간호사의
아름다운 거짓말

심한 우울증으로 동맥을 긋고 자살을 기도했던 한 여대생이 있었다. 가족들이 집에 없는 틈을 타 그녀는 날카로운 면도날로 손목을 몇 번이나 긋고는 정신을 잃었다. 다행히 가족들에게 일찍 발견된 그녀는 손목을 스무 바늘이나 깁고 병원에 입원해 정신과 치료까지 받고 있었다. 벌써 세 번째의 자살 기도였다.

하루 종일 병실 바깥을 내다보는 것이 그녀의 일과였다. 창밖을 보고 있었지만 그녀의 텅 비어 있는 눈에는 아무것도 들어오지 않았다.

때마침 병실로 들어오려던 김 간호사가 걸음을 멈추고 그녀의 뒷모습을 안쓰러운 표정으로 쳐다보았다. 그녀는 10여 년이 넘는 병원 생활 동안 언제나 환자들의 고통을 자신의 아픔처럼 돌봐주는 정이 많은 간호사였다.

그녀는 붕대가 칭칭 감긴 손목을 내려다보며 습관처럼 한숨을 폭 내쉬었다. 영원히 열두 살에 머물러 있는 오빠의 얼굴이 그녀의 머릿속에 생생하게 떠올랐다. 너 때문이야! 네 탓이야, 하고 말하는 목소리가 들리는 것 같았다. 오빠가 원망 가득한 눈빛으로 그녀를 노려보고 있는 것만 같았다.

"아니야, 아니야! 내 탓이 아니야."

그녀는 머리카락을 움켜쥐며 소리를 질렀다.

그녀가 여덟 살 때였다. 여름방학이 되자 열두 살 먹은 오빠와 어린 그녀는 어머니를 따라 시골에 있는 외할머니 집에 가게 되었다. 그 동네에는 아주 푸르고 맑은 강이 흐르고 있었다. 강물이 생각보다 깊었기 때문에 어른들은 얕은 곳에서 놀라고 신신당부를 했다.

오빠와 어린 그녀는 동네 아이들과 어울려 강에서 수영을 하며 신나게 놀았다. 얕은 곳에서 놀던 그녀는 약간 깊은 곳에서 물장구를 치며 노는 오빠들 틈에 끼고 싶어 발을 옮겼다. 그 순간 배꼽까지 닿던 강물이 순식간에 목까지 차고 발은 모랫바닥에 닿지도 않았다. 그리고는 눈 깜짝할 사이에 물살에 휩쓸리고 말았다.

어린 그녀가 정신을 차렸을 때는 외할머니의 통곡 소리가 마당을 가득 메우고 있었다. 그녀를 구해내고 거센 물살에 떠내려간 오빠가 발견 된 것은 다섯 시간 뒤였다고 했다. 할머니는 삼대독자를 잡아먹은 원수 같은 년이라고 어린 그녀의 가슴에 못을 탕탕 박았다.

그 사건은 커다란 바윗돌이 되어 천진난만하고 티없이 맑았던 그녀를 짓눌렀다. 그녀를 둘러싸고 있는 모든 것들이 그녀가 오빠를 죽였다고, 네 탓이라고 윽박지르는 것만 같았다. 그녀는 밤마다 가위에 눌렸다.

그 사건을 잊기 위해 그녀는 밤낮없이 공부에만 매달렸다. 공부를 잘해서 식구들에게 인정을 받고 싶은 마음뿐이었다. 세월이 지나 그녀는 명문대의 촉망받는 대학생이 되었지만 죄책감과 고통의 부피는 날로 더 커지기만 했다. 그녀는 늘 자살 충동에 시달려야만 했다.

"오늘은 기분이 어때?"

김 간호사는 허락도 받지 않고 말을 마음대로 놓더니 그녀를 어린 여동생처럼 스스럼없이 대했다.

링거를 교체하는 김 간호사의 손목이 이상해 보인다고 그녀는 생각했다. 마치 붉은 지렁이 한 마리가 들러붙어 있는 것 같은 흉터가 눈에 띄었다. 붕대를 풀고 나면 어쩌면 자신도 저런 흉터를 가지게 될지 모른다는 생각이 들었다. 그런데 어떻게 간호사가 저런 흉터를 가지게 되었을까.

"아, 이 흉터? 왜 생긴 것 같아?"

그녀는 모르겠다는 듯이 고개를 저었지만 내심 궁금했다.

"삼류 신파극 흉내 내다가 이렇게 된 거야. 목숨같이 사랑하던 애인한테 배신당하고, 떠난 애인 마음 붙들려고 한바탕 난리를 피웠던 적이 있었지. 7년 동안 사귄 애인이었거든. 근데 지나고 나니 별거 아니야. 잘 먹고 잘 살라고 등 뒤에다 침 뱉어 줬어. 나, 유치하지?"

그녀가 처음으로 풀썩 웃었다.

"이 세상에 흉터 없는 사람은 없어. 몸에 흉터가 없어도 마음에 흉터를 가진 사람이 얼마나 많은데. 아무 걱정 없이 행복해 보이는 사람들도 다들 마음에 흉터를 지니고 살아가. 그러면서 개그 프로 보면서 배꼽을 쥐고 웃기도 하고, 흉터를 잠깐씩 잊어버리고 그렇게 하루하루를 살아가는 거야. 살다보면 흉터도 조금씩 희미해지고 그래. 괜찮아, 네 탓이 아니야. 네 잘못이 아니야."

김 간호사는 마치 모든 것을 다 이해한다는 듯한 눈빛을 하고 그녀의 등을 툭툭 쳤다. 그녀가 처음으로 들어본 "괜찮아"라는 말은 마음속에 깊이 박혀있던 커다란 돌멩이 하나를 순식간에 쑥 뽑아내었다. 어느 누구도 지금까지 그녀에게 괜찮다고 말해준 사람은 없었다.

그녀는 가슴속에 고여 있던 울음을 한꺼번에 쏟아내 버리겠다는 듯 베개에 얼굴을 파묻고 울기 시작했다. 김 간호사는 그녀가 한 번도 마음 놓고 울지 못했음을 눈치 채고는 그냥 울도록 내버려두고 병실을 빠져 나왔다.

김 간호사는 손목이 가려웠다. 그녀에게 한 말은 거짓말이었다. 김 간호사는 그녀처럼 자살을 시도한 적도, 실연의 쓰라린 고통을 당해본 적도 없었다.

김 간호사는 환자들의 쾌유를 돕기 위해 병원 직원들이 결성한 연극단의 단장이었다. 평소 친분이 있던 분장사에게 손목에 흉터가 있는 것처럼 만들어 달라고 부탁했는데 생각보다 괜찮았다. 분장사의 솜씨가 워낙 훌륭해 흉터는 원래부터 손목에 나 있던 것처럼 감쪽같았다.

김 간호사는 깊은 상처를 갖고 있는 사람에게는 같은 상처를 내보여주는 것도 위로가 된다는 사실을 오랜 병원 경험으로 체득하고 있었다.

복도에서 휠체어를 밀고 오는 초등학생 꼬마가 찡끗 윙크를 해왔다. 깁스를 한 녀석의 다리에는 온갖 재미있는 낙서가 그려져 있었다. 김 간호사는 녀석의 볼을 가볍게 꼬집어 주고는 잰걸음으로 복도를 걸어갔다.

 모든 것을 자신의 탓으로 돌리며 상처에서 헤어나오지 못하는 사람들에게 괜찮아, 네 잘못이 아니야, 라고 말해주세요. 괜찮아, 그 말 한마디에 상처를 입은 그들의 얼굴에 노란 민들레가 환하게 필 것입니다.

부치지 못한 편지

 보고 싶은 미수에게

미수야, 아직도 나를 친구라고 생각한다면 왜 전화 연락 한번 안 하는 거니?

10년이 지났으니 이젠 나에게 한번쯤 연락을 해줄 수가 있지 않겠니? 아무리 수소문을 해도 연락이 안 되더구나. 왜 나에게 한 번만이라도 미안하다고 말할 기회를 주지 않는지.

네가 그 무렵 나에게 전화를 했을 때 나는 몹시 형편이 어려운 상황이었어. 남편의 전자대리점이 장사가 안 되어서 생활비를 점점 줄여나가고 있는 상황이었지. 그때 돈 백만 원만 빌려달라고 네가 전화를 했을 때 나는 가슴이 철렁 내려앉는 기분이었어.

아, 지나고 보니, 그깟 돈이 뭐였기에 나는 너에게 돈을 갚으라고 독촉을 했을까. 돈 백만 원에 친구를 잃어버리다니, 나는 얼마나 어리석었던 거니?

언젠가 이런 적이 있었다. 신혼 초, 남편은 레미콘트럭에 치이는 큰 교통사고를 당했고 수술을 몇 번이나 받아야 했다. 남편이 입원한 그 종합병원에서 내가 마주친 사람이 누구였는지 아니? 초등학교 동창 남자애였는데 그 병원에 근무하고 있었어. 그 친구는 인턴이었지. 인턴이어서 고참 의사들이 시키는 모든 궂은일을 다하고 있는 상황이었지만 그때 그 친구는 멋있어 보였어. 그 친구는 초라한 차림새의 나를 알아보고는 많은 것을 묻지는 않았어.

그 당시 남편의 허벅지는 몹시 상태가 안 좋아서 진물이 흐르고 피부가 썩어 들어가고 있었지. 하루에 한 번씩 하는 상처 소독과 드레싱만으론 상처가 빨리 아물 것 같지 않아 안타까운 심정이었다. 그런데 병실을 순회하던 그 친구가 남편의 상태를 유심히 보았던 모양인지, 자기 근무 시간이 끝났는데도 늦은 밤, 병실에 와서 상처를 소독하고 드레싱을 해주곤 했어. 근 보름 동안이나 그 일을 해주곤 했는데 친구는 단 한 번도 생색을 내지 않고 힘든 내색도 하지 않았어. 나를 미안하게 만들지 않으려는 그 마음 씀씀이라니, 겨우 스물여덟 실의 젊은 인턴이 어떻게 그런 마음을 낼 수 있었는지 정말 놀라웠어.

한 날은 나를 복도로 불러내더니 하얀 봉투를 내밀더구나. 인턴이어서 월급이 얼마 안 된다면서 십만 원밖에 못 넣었다고 하면서 남편에게 맛있는 것 좀 사주라고 말하더라. 아, 그때 그 친구가 나에게 준 것은 십만 원이 아니라, 돈으로 매길 수 없는 귀한 선물이었어.

그 친구는 나에게 남을 돕는다는 것이 어떠한 것인지를 가르쳐 주었어. 내가 넘칠 때 주는 것이 아니라, 내가 모자란다 하더라도 남에게 주는 것, 내게 있는 값진 것으로 주어야 한다는 것, 그리고 도움을 줄 때는 그 사람이 미안해하지 않도록 해야 한다는 것을 그 친구에게 배웠지.

그 친구에게 그런 도움을 받은 적이 있으면서 나는 너에게 어떻게 했니? 오죽했으면 네가 나에게 돈을 빌려달라고 했을까. 난 너의 입장을 헤아려 보지도 않고 이 돈을 돌려받을 수 있을까, 하고 그 생각만 했지.

그 일을 생각할 때마다, 내가 아닌 다른 심술궂고 탐욕에 찬 마귀할멈이 그런 일을 한 것만 같아. 아아, 나는 네게 도대체 무슨 짓을 한 거니? 너에게 기껏 백만 원을 빌려주고 나서 한 달 만에 갚으라고 전화를 하고 신경질을 부리고, 너에게 온갖 상처 주는 말을 다 늘어놓았지.

왜 후회는 항상 뒤늦게 찾아오는 걸까. 그 사소한 일로 나는 왜 이토록 지울 수 없는 흉터를 만들었을까. 제발 너에게 미안하다고 한 번만이라도 말할 기회를 줘. 부탁이야.

왜 그때 나는 그걸 몰랐을까. 그때 너에게 말할 기회가 있었는데 왜 이제 와서야 그걸 깨닫게 되었을까.

미수야, 너에게 용서를 빌 기회를 줘. 더 늦기 전에 네 목소리를 듣고 싶다. 보고 싶다, 친구야!

＊ 친구라고 말하기도 부끄러운 친구로부터

벗의 대접을 받는 일은 천천히 하고 벗이 어려움에 처했을 때는 서둘러 가라고 했습니다. 사람을 돕는다는 것이 어떠해야 하는 지를 가르쳐준 친구, 그 연꽃처럼 귀한 마음을 받으면서도 도움을 필요로 하는 친구에게는 독을 내뿜어 상처를 입혔습니다. 아프게 해서 미안합니다.

추석, 달빛이 환하다

"언니, 우리 한 시간 뒤면 도착할 거예요. 그렇게 알고 있어요."

시누는 제 할 말만 하고 전화를 먼저 끊었다. 뭘 새삼스럽게 자기가 온다는 것을 전화로 알리고 야단이래? 하고 그녀는 속으로 중얼거리며 남은 설거지를 했다. 밥솥을 열어보니 아침에 추석 차례상을 차리고 남은 밥이 아직 많이 남아 있었다. 다시 밥을 하자니 남길 것 같고 그냥 이대로 저녁상을 차리면 될 것 같았다.

4년 전에 시어머니가 돌아가시고 나서 시댁의 대소사는 그녀의 차지가 되었다. 차례 준비를 하는 일은 늘 힘에 부쳤다. 혼자서 시장을 보고 전을 부치고 나물을 무치고, 차례상을 차려야 했다. 시아버지와 남편이 하는 일이라곤 차례상에 절을 하고 음복을 하고 음식을 먹는 일이었다. 나머지 모든 뒷일은 그녀 혼자의 차지였다. 도와줄 동서도 시어머니도 없기 때문에 그녀는 과묵한 종갓집 며느리처럼 아무런 불평 한마디 없이 일을 해내었다.

　남편과 아이들은 바람을 쐬러 나갔는지 보이지 않고 시아버지는 안방에 누워 추석 특집프로를 보고 있는 중이었다.

　시골에 혼자 사는 시아버지는 걸핏하면 그녀에게 전화를 했다. 반찬이 떨어졌다고, 용돈이 떨어졌다고, 몸이 아프다고 했다.

　입시 학원에서 영어를 가르치는 그녀는 집안 살림하랴, 두 아이를 키우랴 늘 피곤했다. 박사 학위를 따고 이제 겨우 모교의 강사로 출강하게 된 남편 대신 그녀는 실질적인 가장 노릇을 해야 했다. 철이 없던 시절 남편이 배우처럼 잘생긴 것에 반해 결혼을 결심했던 대가를 톡톡히 치르고 있었다.

　가난한 집에 시집을 간 시누이는 걸핏하면 그녀에게 전화를 해서 넋두리를 늘어놓거나 돈을 꿔달라고 했다. 그녀는 서서히 시집 식구들에게 지쳐가는 중이었다.

　"언니, 우리 왔어요."

　"어서 오세요, 아가씨. 시매부님도 안녕하셨어요. 소희야, 민희야 어서와. 아이구, 우리 공주님들 이뻐졌네."

　대문을 들어서는 시누이의 식구들에게 그녀는 반색을 했다. 그녀도 친정에 가고 싶었지만 시어머니도 없는 집에 시아버지만 남겨두

고 가자니 마음에 걸렸다. 그래서 이번 추석
에는 친정 가는 것을 포기하기로 마음을 먹고
있는 중이었다.

그녀는 냉장고에 보관해 둔 음식을 꺼내고, 전과 국을
데워 밥상을 얼른 차렸다. 그런데 그녀가 차린 밥상을 본 시누의 표
정이 샐쭉해졌다.

"언니, 이 밥 방금 한 거 아니죠?"

그녀는 아무 생각 없이 대답했다.

"네, 밥이 하도 많이 남아서 그냥 차렸는데, 밥맛이 덜한가 보
죠?"

"사위는 백년손님이라고 했는데, 우리 엄마가 살아계시면 안 이
럴 거야. 어떻게 아침에 한 식은 밥을 우리한테 줄 수가 있냐구. 내
가 한 시간 전에 왜 전화를 했겠냐구요. 언니, 정말 사소한 걸로 사
람 섭하게 하실래욧!"

가만히 듣고 있던 그녀는 점점 부아가 치밀어올랐으나 감정을 가
라앉히고 웃으며 대꾸했다.

"아가씨, 내가 잘못했어요. 담에는 꼭 따뜻한 밥 지어서 백년손님
대접해 드릴 테니 마음 푸세요."

치밀어오르는 화를 겨우 가라앉히고 그녀는 부엌으로 들어갔다.
뒤따라 들어온 시누이는 감독관처럼 팔짱을 끼고 부엌 이곳저곳을

둘러보더니 입을 떼었다.

"언니, 그건 그렇고 장은 어디서 봤어요?"

"생선이나 고기는 할인 마트에서 사고 나물은 시장에서 샀는데요."

"언니! 우리 엄마는 제삿장은 항상 읍내 시장에서 다 봤단 말이에요. 그리고 아버지가 먹지도 않는 반찬은 왜 이렇게 많이 사와서 냉장고에서 썩어나가게 하느냐 말이에요. 그때그때 해 드려야지. 사람이 말이야, 귀찮으니까 뭐든지 대충대충이야. 그리고 저기 싱크대 한번 봐요. 곰팡이 낀 거 안 보여요?"

"아가씨, 보자보자하니까 이거 너무 심하네. 그럼 아가씨가 다하면 될 거 아니야. 누군 좋아서 하는 줄 알아?"

그녀는 시누이에게 소리를 질렀다. 한 번도 그녀의 반격을 받아보지 않은 시누이는 얼이 나간 표정을 지었다. 시누는 눈을 커다랗게 치켜뜨더니 소리를 지르고 야단법석을 피웠다. 신세 한탄에서부터, 올케가 괄시하고 무시한다느니 하면서 온갖 케케묵은 이야기까지 다 끌어내었다. 창고에 쌓인 먼지 묻은 물건들을 마구 끌어내듯다 지난 이야기들을 들추어내는 바람에 그녀는 기가 막혔다.

시누이에게 대거리를 하면서 마주 소리를 질렀지만 분이 풀리지 않았다. 시아버지까지 시누이 편을 들며 그녀를 심하게 나무랐다. 그녀는 하도 억장이 막혀서 집 밖으로 나와버렸다.

집에서 한참 떨어진 어두운 사당 앞에 쪼그리고 앉아서 한참을 울었다. 좀처럼 힘든 일이 있어도 울지 않았는데 한 번 터진 눈물은 고장 난 수도처럼 쉴 새 없이 줄줄 흘러내렸다. 추석날 이게 무슨 청승인가 싶었다. 하늘에서는 한가위 대보름달이 안타까운 표정을 하고 그녀를 내려다보고 있었다.

어둠 속에서 누군가 다가오는 기척이 느껴졌다. 그녀는 몸을 움찔하며 자리에서 일어섰다. 낯익은 목소리였다.

"미안해. 내가 이렇게 용서를 빌게. 당신 맘 다 알아."

남편이 손을 잡으며 말했다.

누군가를 원망하며 달을 올려다보기엔 달빛은 너무나도 부드럽고 환했다. 달빛이 감싸고 있는 지상의 풍경은 더없이 평화로워 보였다. 풀숲에선 귀뚜라미와 풀벌레들이 작고 여린 울음소리를 내고 있었다.

희생자 역할을 혼자서 다 떠맡는 것은 가족을 위하는 길이 아닐 거예요. 아내의 희생만으로, 남편의 고통으로 유지되는 가정의 행복은 거짓 행복입니다. 추석날 달빛이 저리 환한데, 가속 중의 어느 누구도 힘들어하며 울지 않으면 좋겠습니다.

우물 속에 빠진 가족

　　나의 엄마는 아동심리학과 교수이다. 엄마는 텔레비전에 나와서 아동문제에 대해 자주 강연한다. 텔레비전 화면 속의 엄마는 아동의 심리에 대해 너무나 해박하다.

　"어린 시절의 경험이 한 인간의 운명을 결정짓습니다. 부모의 일관성 있는 양육태도, 사랑에 기초한 안정적인 보살핌, 부모 역할의 중요성이 그 어느 때보다 중요하다고 하겠습니다."

　강연을 하는 엄마는 우리나라 부모들의 양육태도가 문제가 많다고 지적한다. 사람들은 모를 것이다. 엄마가 말하는 사랑을 주어야 하는 아동은 언니처럼 우성의 유전자를 가진 아이라는 것을. 나처럼 열등한 유전자를 가진 그런 아이는 절대 사랑의 대상이 아니라는 것을 사람들은 알지 못한다.

엄마가 텔레비전에 나오는 날이면 나는 텔레비전을 부숴버리고 싶다. 나는 학교에서 생활기록부를 작성할 때 엄마의 직업을 보험설계사라고 쓴다. 내 눈에 엄마는 한 마디로 보험설계사처럼 보인다. 엄마가 설파하는 아동심리의 모든 것들이 보험 상품처럼 보인다.

중학교 3학년인 나도 엄마의 품에 안기고 싶다. 엄마의 냄새를 맡고 싶다. 엄마가 사용하는 쟈스민향의 향수에서는 보드라운 고양이털의 감촉이 느껴지는 듯했다.

엄마를 보면 우물에 빠진 천문학자가 떠오른다. 어느 마을에 뛰어난 천문학자가 있었다. 그 천문학자는 밤만 되면 별들을 관찰하기 위해 집 밖으로 나가서 돌아다녔다. 밤하늘에 떠있는 무수한 별들을 사랑하는 엄마는 집 밖으로 나가 별들을 관찰하느라고 여념이 없는 사람이다.

엄마와 언니는 지금 외출하고 없다. 두 사람은 신문사에서 주최한 독서감상문대회 시상식에 참석하기 위해 나갔다. 언니는 최우수상을 받게 되었다고 했다.

언니는 엄마의 딸답게 모든 방면에서 두각을 나타내는 촉망받는 여학생이다. 언니에게 꽃다발을 건네주는 엄마의 얼굴에는 자랑스러움과 사랑이 담뿍 담긴 표정이 떠오를 것이다. 두 사람은 상을 들고 플래시 세례를 받으며 행복하게 웃을 것이다.

아침에 두 사람이 시상식에 간다고 부산하게 움직이고 있을 때 나는 수도 없이 망설이고 망설이다가 말을 꺼냈다. 거절당하고 무시당할 줄 알면서 뭔가를 부탁한다는 일만큼 비참한 일은 없다.

"엄마, 나도 가면 안 돼?"

"어디?"

적갈색 립라이너로 입술 선을 그리던 엄마가 쌀쌀맞은 표정으로 획 돌아보았다. 갈색 아이샤도우가 짙게 칠해진 엄마의 눈은 암호랑이의 눈빛처럼 보였다.

"언니, 시상식!"

"네가 어디 간다고 그러니?"

"왜? 엄마 망신 줄까 봐? 딸이 언청이라고 장애아라고 사람들이 손가락질할까 봐 겁나는 모양이지?"

"너, 일루 좀 와 봐. 지금 너, 엄마한테 무슨 소리하는 거야. 어따 대고 이게!"

언니가 나의 뺨을 때렸다. 나는 뺨을 손으로 싸쥐며 언니를 노려보며 소리 질렀다.

"나쁜 년!"

"너 뭐라고 했니? 언니에게 나쁜 년이라고? 당장 나가버려! 네깟 것은 키우고 싶지도 않아."

"그래 나갈게. 나도 엄마 딸하고 싶지 않아. 위선자! 밖에서는 온갖 폼 다 재고 고상한 척, 세상 모든 아이들을 다 사랑하고 걱정하는 척

그러면서, 정작 자기 딸이 얼마나 죽고 싶은 기분인지도 모르면서.”

나는 내 방으로 들어와 문을 쾅 소리 나게 닫았다. 두 사람은 아무 일도 없었다는 듯이 다시 웃고 떠들었다. 현관문을 나서는 기척이 들렸다.

엄마는 모를 것이다. 엄마가 천상의 아름다운 별들을 바라보고 다니는 동안 지상의 딸이 어떤 마음을 품고 자라는지를. 저명한 아동심리학자인 엄마는 우리나라 모든 아동들의 보편적인 심리는 꿰고 있는지 모르겠지만, 자기 딸의 심리에 대해서는 단 한 줄이라도 읽으려 하지 않는다.

나라는 아이, 수술을 받았지만 아직 심한 언청이이고, 학교에서는 왕따를 당하고, 공부는 지질이도 못하는 열등생. 엄마는 무엇 하나 잘 하는 것이 없는 나라는 우물에 빠져 있으면서도 그 우물을 외면하려고만 한다. 아니 그 우물이 존재하지도 않는다는 듯이 철저하게 감추려고만 한다. 존재 자체를 부정당하는 것만큼 끔찍한 일이 있을까. 나는 엄마를 가두고 있는 우물일까.

두 사람이 외출에서 돌아올 시간이 다 되어간다. 엄마 말대로 집을 나가기 위해 가방을 쌌다. 내가 집을 나가도 엄마는 나를 찾지 않을 것이다. 열여섯 살의 한 여자아이가 눈물 그렁그렁한 눈으로 거울을 바라본다. 눈에서 눈물이 한 방울 툭 떨어진다.

그래, 두 사람을 향한 분노의 우물에 빠져있는 사람은 어쩌면 나인지도 모른다. 나에게서 등을 돌리는 엄마의 옷깃을 잡고 엄마, 나도 한 번만 안아주세요, 하고 싶었다. 하지만 늘 생각과는 반대로 거친 말만 튀어나오곤 했다. 우물에 빠진 천문학자는 엄마만이 아니었구나. 나는 우물 속에서 나가고 싶다.

천문학자를 꺼내준 농부가 말한다.

"하늘에 무엇이 있는지 그렇게 잘 아는 사람이 자기 발밑에는 무엇이 있는지 모르다니 참 어리석군요."

우리 모두는 우물에 빠진 천문학자와 그 천문학자를 꺼내줄 농부를 마음속에 지니고 있는지도 모른다.

내 속의 우물을 고요히 바라본다. 가만히 귀를 기울여본다. 우물 속에서 목소리가 들린다. 엄마, 나도 엄마의 사랑을 받고 싶어요. 나는 입술을 달싹여 발음해본다. 우물 속을 들여다보니 낯설기도 하고 낯익기도 한 얼굴 하나가 우물 속에 고여 있다.

집을 나가기 위해 싸두었던 가방의 지퍼를 열고 물건들을 하나씩 끄집어낸다. 나는 창문을 연다. 창밖에서 서성이고 있던 시월의 가을바람이 확 밀려들어온다. 바람 속에는 꽃사과 냄새가 난다.

 장애를 가진 딸아이의 엄마인 그녀, 손짓 발짓 어느 하나 맞는 것 없이도 우리 딸 잘한다. 박수쳐주는 그녀를 보면서 같이 박수를 쳐주었습니다. 우물 속에 빠진 식구를 외면한다면 그 가족은 우물 속에서 결코 빠져 나올 수 없겠지요.

말썽꾼 아들

오늘도 파출소에서 연락이 왔다. 아들이 주먹을 휘둘러 지나가는 행인을 다치게 했다는 것이었다.

아들이 아니라 원수 같았다. 고3이라는 녀석이 수능시험이 내일모레인데 공부와는 담쌓고 나쁜 짓만 골라 했다. 중학교에서 윤리를 가르치는 박 선생은 하나밖에 없는 아들 때문에 참으로 죽을 맛이었다.

아들은 하루가 멀다 하고 사고를 쳤다. 명색이 자신은 중학교 윤리 선생인데 그 아들은 도덕과 윤리를 무시하고 살기로 마음을 먹었는지 하루도 조용하게 넘어가는 날이 없었다.

적지 않은 합의금을 물어주기로 피해자와 겨우 합의를 보고 아들 놈을 데리고 나왔다. 속에서는 부아가 치밀어올랐으나 그는 감정을 억누르고 아들에게 저녁을 사 먹이려고 했다. 하지만 아들은 친구가 기다린다며 잽싸게 달아나 버렸다. 억장이 무너지는 기분이었다. 무자식이 상팔자라더니, 하고 그는 땅이 꺼져라 한숨을 내쉬었다.

박 선생은 집으로 돌아오는 길에 포장마차로 들어갔다. 그는 평소에 술을 잘 마시지 않는 편이었다. 사고뭉치 아들에게 아버지가 술을 마시고 흐트러진 모습을 보인다면 더 큰 빌미를 제공하게 될 것이었다.

포장마차에는 손님이 없었다. 늙수그레한 포장마차의 주인이 그의 소주잔에 소주를 따라 주었다. 안주는 손도 대지 않고 그는 소주 한 병을 금방 비워버렸다.

취기가 오른 그는 지금까지 아무에게도 말하지 않았던 아들에 대한 고민거리를 포장마차 주인에게 털어놓기 시작했다.

"글쎄 이놈이요, 이전에는 안 그랬는데 친구 놈을 잘못 사귀는 바람에, 이제는 지 애비 말을 발톱의 때만큼도 안 여긴답니다. 그 말 잘 듣고 착한 아들놈은 도대체 어디로 가고 천하에 망나니 같은 그런 놈이 튀어나온 건지. 이 심약하고 소심한 애비를 저 사고 처리해주는 보험회사 사고처리반 정도로 압니다. 이게 아들인지 원수인지, 하루두 조용할 날이 없습니다. 사는 낙이 있어요. 아무리 가난해도 아이들이 착하고 부모 말에 순종하고 그러면 그게 사는 재미 아니겠습니까? 청소부를 하더라도 아들놈만 착해지면 더 바랄 게 없을 것 같습니다. 저는 무슨 도깨비한테 아들놈을 빼앗겨버린 기분입니다."

그의 말에 고개를 주억거리며 이야기를 조용히 듣고 있던 포장마차 주인의 눈가가 촉촉이 젖어 들었다.

"그래도 손님은 행복하신 분입니다."

"지금 저를 놀리시는 겁니까."

"아닙니다. 제가 왜 손님을 놀리겠습니까. 우리 집 아이들은 참 착했습니다. 가게가 망하고 그래도 포장마차라도 하면서 살려고 마음을 먹은 것은 자식들 때문이었습니다. 딸아이가 공부도 잘하고 제 동생들도 잘 돌보고 하는 것이 너무도 기특하고 그래서 부모로서 이러면 안 된다 싶었지요. 그래서 정신을 놓고 있는 아내를 설득해 포장마차를 하게 되었습니다.

그런데 우리가 일을 나온 사이에 집에 불이 났습니다. 집에 전기가 끊겨서 딸아이가 촛불을 켜놓고 공부를 하다가 잠이 드는 바람에… 그 불로 아이들 잃고… 아내까지 지금은 정신병원에 있습니다. 아이구! 제가 이런 궁상맞은 이야기를 왜 꺼낸 건지, 죄송합니다. 아드님 때문에 너무 상심하지 마세요."

감정이 북받쳤는지 포장마차 주인은 주황색 천막을 들치고 급하게 밖으로 나가버렸다.

박 선생은 빈 소주잔을 들고 얼어붙

은 사람처럼 그 자리에 한참 동안 앉아 있었다. 명치께가 먹먹해져 왔다. 포장마차에 매달린 하얀 알전구가 그의 이마를 무심하게 비추고 있었다.

 때로는 내가 세상에서 가장 고통을 받고 있는 것 같지만, 모든 것을 잃고서도 자기 몫의 삶을 묵묵히 견뎌내는 포장마차 아저씨 같은 사람도 있습니다. 내 곁에서 말썽을 피워주는 아이가 있다는 것만으로도 얼마나 고마운 일인지요.

복권 사는 남자

아주 가난한 남자가 있었다. 그는 역 앞에서 구두를 닦아 단 하루도 빠짐없이 복권을 사 모았다. 20년간 끊임없이 복권을 사 모았지만 운이 없었는지 한 번도 복권에 당첨되지 않았다.

간밤에 돼지꿈을 꾼 그는 이번이 마지막이라는 생각으로 수중에 있는 돈을 탈탈 털어 복권 쉰 장을 샀다. 며칠 후 복권 추첨이 있고 난 뒤 그는 숨이 멎을 것만 같았다. 쉰 장의 복권 중에서 한 장이 150억 원에 당첨된 것이었다.

복권에 당첨 되고 나서 그는 오래 전에 떠나온 집을 떠올렸다. 고향에는 가난한 어머니와 꼽추 동생 하나가 살고 있었다. 집으로 돌아갈까, 하고 생각했지만 눈을 질끈 감아버렸다.

고향에는 가난한 친척들이 농사를 지으며 힘들게 살아가고 있었다. 그는 벌 떼처럼 달려들어 자신의 돈을 가로챌 고향의 가족들과 친척들이 두려웠다. 우선 집을 사고 예쁜 아내와 결혼해 멋진 가정을 꾸미는 데 돈을 쓰기로 마음먹었다.

그는 멋진 집과 승용차를 산 다음 결혼전문회사를 통해 예쁜 아내를 맞아들였다. 아내는 착하게 생긴 외모와는 달리 몹시 허영심이 강한 여자였다. 그녀는 남편에게 외제차와 명품들을 사달라고 끊임없이 졸라댔다. 그는 아내가 원하는 것은 뭐든지 다 해주고 싶었다.

아내는 점점 그에게 돈을 타내는 데에 재미를 붙여, 친정 식구들의 생활비까지 해결해 주었다. 급기야 아내는 통장 관리까지 자기가 맡으려고 들었다.

"여보, 왜 나에게 통장을 안 줘요? 지금 나를 못 믿는다는 거예요, 뭐예요?"

"그, 그게 아니고……."

"아, 억울해. 자기 아내를 못 믿다니, 세상에 나만큼 불쌍한 여자가 어디 있겠어. 당신하곤 못 살아."

그는 아내가 통곡을 하는 바람에 그만 마음이 약해져 통장까지 내주고 말았다.

아내의 태도는 그때부터 쌀쌀맞게 달라지기 시작했다. 아내의 달라진 태도에 상심을 한 그는 아내와 크게 다투고 집을 나와버렸다.

일주일이나 외박을 하고 술을 진탕 마시고 집으로 돌아왔다. 초인종을 아무리 눌러보아도 아내는 문을 열어주지 않았다. 그는 몸을 가눌 수 없을 정도로 비틀거렸다. 어렵사리 열쇠를 찾아 문을 열려고 했으나 문은 열리지 않았다. 그는 화가 머리끝까지 치밀어올랐다. 욕을 하며 대문을 발로 차기 시작하자 집 안에서 불이 켜졌다.

"여보! 나야, 문 열어."

그는 반가운 마음에 소리를 크게 질렀다. 그러나 문이 열리는 대신 순찰차 한 대가 옆에 멈추어 서더니 그를 순찰차에 억지로 밀어넣어 버렸다. 술에 잔뜩 취한 그는 이 상황이 도대체 이해가 가지 않았다. 마치 꿈을 꾸고 있는 것만 같았다.

그는 억울하기 짝이 없어 좁은 차 안에서 고래고래 소리를 질렀다. 파출소로 끌려들어간 그는 거기서도 의자를 집어던지며 행패를 부리다가 제풀에 지쳐 곯아떨어지고 말았다.

이튿날 아침 그는 파출소 의자에서 눈을 부스스 떴다. 머리가 희끗희끗한 파출소장이 그를 내려다보고 있었다. 그는 다짜고짜 파출소장의 바짓가랑이에 매달렸다.

"소장님, 이게 어떻게 된 일입니까? 자기 집에 들어가기 위해 문을 두드린 것도 죄가 됩니까? 자기 집에 들어가려다 파출소에 끌려오는 일이 세상에 어디 있습니까?"

"당신이 소란을 피운 그 집은 전직 시장님의 집이오. 어제 이사 들어갔는데 그걸 몰랐단 말이오?"

160

"그 집 주인이 바로 난데, 어떻게 그런 일이 있을 수가 있습니까?"

"그걸 나에게 물어보면 어쩌란 말이요?"

그는 그동안 일어났던 일을 파출소장에게 털어놓았다. 부끄러움도 잊은 채 아버지에게 친구를 혼내달라고 일러바치는 어린아이의 심정으로 그는 자초지종을 말했다. 그의 말을 듣고 난 후 파출소장이 안쓰럽다는 듯이 혀를 차며 말했다.

"여보게, 이 사람아, 돈으로 가족을 살 수는 없는 거네. 자네가 돈으로 살려고 했던 가족은 자네를 버렸지만, 고향은 그렇지 않을 걸세. 다시 고향으로 돌아가 보게. 아직도 어머니는 자네를 기다리고 계실 거네. 자식이 못났든 잘났든, 성공했든 실패했든 돈이 있든 없든, 자네 어머니는 아직도 변함없이 자네를 기다리고 계실 거야."

그는 처음 만난 파출소장의 가슴에 안겨 어린아이처럼 엉엉 소리 내어 울었다. 머리가 희끗희끗한 파출소장은 그의 등을 오랫동안 두들겨 주었다.

연구에 의하면 복권 당첨자와 다리를 잃어버린 사람의 행복지수는 다르지 않다고 합니다. 어느 날 느닷없이 찾아온 행운은 사람을 불행에 빠뜨리기도 합니다. 세상에는 돈으로 살 수 없는 것이 너무나 많습니다. 저 햇빛, 맑은 바람, 흰 눈송이…… 당신 마음!

세상에서 가장 위대한 용사

1991년에 일어났던 여의도광장 차량질주사건은 지독한 약시를 앓던 스물두 살의 청년이 저지른 사건이다. 주변의 냉대와 질시를 참지 못해 이 사회에 복수하겠다고 그가 저지른 끔찍한 사건으로 인해, 많은 사람들이 다치고 어린아이 한 명이 희생되고 말았다.

이 사건의 선고공판이 열린 법정에서 있었던 일이다. 재판부가 피고에게 사형을 선고하고 재판은 십 분 만에 끝났다. 방청석에서 재판 과정을 지켜보던 한 할머니가 담당검사를 찾아가 범인을 만나게 해달라고 간청했다. 이 사건으로 어처구니없이 목숨을 잃은 여섯 살 된 아이가 있었는데, 그 아이의 할머니였다.

할머니를 만난 그는 수갑과 포승으로 양손을 묶인 채 고개를 푹 숙이고 있었다. 진땀과 눈물을 쏟으며 기어들어가는 목소리로 그는 겨우 입을 열었다.

"죄… 죄송합니다."

할머니는 손수건을 꺼내 땀과 눈물로 뒤범벅이 된 그의 얼굴을 닦아주며 이렇게 말했다.

"너를 용서해주겠다. 앞으로 무슨 일이 닥치더라도 담담하게 받아들여야 한다."

손자를 위해서라면 목숨까지 내놓을 할머니가 살인자를 용서한다고 나섰을 때 가장 놀란 사람은 바로 사형수 자신이었다. 모든 사람이 외면하고 돌을 던지는 사형수의 손을 잡아준 사람은 바로 그의 손에 손자를 잃은 할머니였던 것이다.

"너를 죽인다고 우리 손자가 살아난다면 모를까, 너를 죽인다고 내 마음이 편해지는 것도 아니니 차라리 너를 용서해 주기로 마음을 먹었다. 미움과 한을 품고 살아봐야 누구에게도 득이 되지 않는다."

그는 할머니에게 손을 잡힌 채 눈물만 뚝뚝 흘리고 있었다. 할머니는 용서만 한 것이 아니라 옥바라지도 하고 그에 대한 구명운동까지 전개하였다. 정말 기적 같은 용서였다.

그런데 엎친 데 덮친 격으로 이번에는 며느리마저 마음에 병을 얻어 시름시름 앓다가 죽고 말았다. 아무리 용서한다고 마음을 먹었지

만 사랑하는 손자에다 며느리의 목숨까지 빼앗은 원수를 용서할 수는 없다는 생각이 들었다.

며느리가 죽은 후, 2년의 세월이 지나자 할머니의 가슴속에는 그를 진실로 용서해야겠다는 마음이 다시 일어났다. 한번 용서를 해주겠다고 했는데 약속을 어길 수 없다는 생각이 들었다.

2년 만에 할머니가 다시 면회를 다니기 시작하자 그는 눈물로 진심 어린 참회를 했다. 할머니는 그를 양자로 삼기로 마음먹고 정성을 다해 옥바라지를 했다. 할머니는 그를 손자와 며느리를 잃고서 얻은 아들이라고 생각했다. 이 양아들마저 사형제도 때문에 잃을 수 없다고 생각한 할머니는 이곳저곳을 발이 부르트게 쫓아다니며 선처를 호소했다.

할머니의 기적 같은 용서가 사회에 대한 적개심을 불태우던 그를 마치 새로 태어난 사람처럼 변화시켰다. 그는 감방에 새로운 재소자가 들어올 때마다 통사정을 해서 발을 씻겨주고, 북한 어린이들을 생각하며 금요일에는 점심을 굶었다. 그는 이미 죽음을 각오하고 있었기 때문에 마치 수도자처럼 경건하였다. 늘 온화한 미소를 잃지 않고 선행을 행하는 그를 재소자들과 교도관들은 입을 모아 칭찬을 하였다.

1997년 12월 30일, 그는 그날이 생의 마지막 날이라는 것을 직감했다. 여느 때와 다름없는 날씨였으나 살아서는 맡아볼 수 없는 공기의 냄새를 맡았다. 무엇하나 새롭고 절실하게 느껴지지 않는 게 없었다. 형장에 선 그에게 집행관이 유언을 남기라고 말했다. 그는 교도관과 종교위원들을 바라보았다.

"짐승 같았던 저에게 인간답게 살 수 있는 길을 깨우쳐 주셔서 감사드립니다. 제 마지막 소원은 저의 장기들을 기증하는 것입니다. 장기이식을 받지 못해 죽어가는 사람들을 단 한 명이라도 살리고 싶습니다."

그의 말을 듣고 여기저기서 흐느낌이 일기 시작했다.

"울지 마세요. 저는 괜찮습니다."

그는 애써 미소를 지으며 우는 사람들을 달래었다. 그는 마치 십자가에 매달리는 순교자처럼 경건한 모습으로 최후를 받아들였다. 손자를 죽인 살인자를 진심으로 용서하고 그를 살리기 위해 백방으로 뛰어다니던 한 할머니의 숭고한 사랑이 만들어낸 사형수의 마지막 순간은 조용하고 엄숙했다. 세상에서 가장 위대한 용서를 받은 자의 최후의 모습은 평화로웠다.

원수를 용서하고 더 나아가 원수를 사랑한 할머니는 그 어느 성자도 할 수 없었던 기적 같은 일을 해내었던 것이다.

 용서는 용서를 하는 사람과 용서를 받는 두 사람의 영혼을 깃발처럼 펄럭이게 만들어줍니다.

당신이 있어 행복해요!

한때는 세상 모든 것을 다 가져야만 행복한 줄 알았습니다. 유모차에 앉아있는 아기의 얼굴을 들여다 볼 때, 하루 일을 마치고 잠시 석양 아래 서 있을 때, 문득 눈물겹게 행복해지곤 합니다. 매일매일이 생의 가장 특별한 날입니다.

나 같은 사람도 사랑받을 수 있다고 알게
해 준 아내를 만나고 나서부터는 내가 얼
마나 행복한 사람인지 알았어요. 사랑을
잃어버리지 않는다면 그것이 바로 행복이
아닐까요?

행복에 관한
일곱 가지 인터뷰

오래전부터 취업을 꿈꾸었던 광고회사에 입사한 신입사원 강진욱은 하루하루가 신나고 즐거웠다. 대학을 졸업한 지 3년 만에 겨우 정규직으로 취직이 된 터였다. 그날도 휘파람을 불며 아침 출근을 서두르고 있는데 전화가 울렸다.

"진욱이냐? 에미다. 아버지가 술 먹고 경운기 운전하다가 다쳐서 또 입원하셨다. 바쁜데 올 건 없고 치료비가 필요해서 그러는데 백만 원만 어떻게 안 되겠니?"

아침부터 돈을 부쳐달라는 어머니의 전화에 진욱은 짜증이 와락 치밀었다. 아버지는 좀 어떠세요, 라는 의례적인 말소차 나오지를 않았다. 고향 집에서는 늘 진욱에게 손을 벌리곤 했다. 진욱의 마이너스 통장은 이미 사용한도를 드러내고 있었다.

"저 입사한 지 거우 한 달도 안 되었어요. 월급도 안 받았는데 도대체 절 보고 어쩌란 말이에요."

진욱은 전화를 매몰차게 끊어버렸다. 진욱의 귓가에는 진욱을 애타게 부르는 어머니의 목소리가 맴돌았다.

아침 기획회의가 끝나고 진욱은 팀장으로부터 호출을 받았다.

"자네, 행복이 뭐라고 생각하나?"

임기응변의 명수라는 별명에 걸맞게 진욱은 호기롭게 대답했다.

"저는 지금 굉장히 행복합니다. 제가 꿈에도 그리던 회사에 입사했기 때문입니다."

"됐어. 그 정도면 내가 내주는 숙제를 할 수 있겠군."

"네?"

"자네, 오늘 일곱 명의 사람을 만나서 행복에 관한 인터뷰를 해오게. 각각 직업과 나이, 성별이 다른 사람으로 말이야. 가급적이면 한 장소에서 말고 다양한 장소에서 조사를 해와. 내 말 무슨 뜻인지 이해했나?"

"네."

진욱은 팀장의 책상 앞에서 물러나왔다. 광고회사는 과연 광고회사답게 기발한 아이디어를 늘 필요로 하는 것 같았다.

사람들을 만나서 인터뷰를 하는 것은 별로 힘든 일은 아니었다. 아침의 짜증스러운 기분이 다시 엄습하는 것이 문제였다. 어머니의 전화를 받기 전만 하더라도 자신이 세상에서 가장 행복한 사람처럼 느껴졌었다. 그런데 전화를 받고 난 후에는 세상에서 가장 불행한 사람처럼 느껴지는 이유를 도무지 알 수 없었다.

거리로 나선 진욱은 잠시 망설이다가 마주 오는 젊은 남자에게 다가갔다. 아주 세련된 정장을 차려입고 얼굴에 미소를 띠고 걸어오는 그는 아주 행복해 보였다. 진욱은 그에게 사정을 설명하고 인터뷰를 요청했다.

"제가 행복해 보인다구요? 아, 지금 저는 차를 한 대 팔고 오는 길입니다. 그래서 기분이 좋아 보인 걸 겁니다. 하도 정신없이 바빠서 행복에 대해 생각해 볼 겨를이 하나도 없었어요. 집사람은 나랑 사는 게 하나도 행복하지 않은가 봐요. 매일 돈이나 많이 벌어오라고 하거든요. 돈이 20억쯤 모아지면 행복해질 것 같은데 여행도 다니고 멋진 전원주택도 사고. 근데 20억쯤 모아도 행복해질 수 있을지 모르겠어요."

진욱이 두 번째로 만난 사람은 지하철에서 만난 노숙자였다. 며칠 동안 씻지 않았는지 아주 퀴퀴한 냄새를 풍겼다. 진욱은 콧등을 찡그리며 휴대용 녹음기를 들이댔다.

"이이구, 나는 지금 정말 행복해. 닷새 만에 시원하게 똥을 눴어. 나 같은 노숙자가 무슨 야채 같은 것을 때맞춰 먹을 수 있나. 그래서 변비에 걸렸는데 죽을 맛이더라고. 자네 똥 잘 누는 게 세상에서 가장 행복하단 거 모르지?"

집이나 돈이나 뭐 이런 대답이 나오겠거니 생각했는데 노숙자는 진욱의 예상을 깨고 어처구니가 없는 말을 하였다. 진욱은 그 노숙자가 팀장이 늘 노래하는 창의성이 풍부한 사람이라는 생각을 하며 씨익 웃었다.

세 번째로 만난 사람은 장바구니를 들고 걸어오는 60대 후반의 할머니였다.

"나는 지금 정말 행복하다우. 군에 간 우리 늦둥이 아들이 오늘 휴가 나오는데, 맛있는 거 해 멕일라구 지금 장을 봐 갖고 오는 길이라우. 나는 그 녀석이 내가 만든 음식 맛있게 먹는 거만 봐도 행복해. 이건 우리 아들이 잘 먹는 제주 먹갈치라우. 우리 아들은 갈치라면 사족을 못 써. 통감자 숭덩숭덩 썰어서 냄비바닥에 깔고 끓인 그런 갈치찌개 먹어본 적 있지? 큼직한 갈치 토막을 통감자 위에 올리고 갖은 양념 뿌려 얼큰한 갈치찌개를 해주면 밥을 얼마나 잘 먹는데."

할머니의 말을 들으며 진욱은 침을 꿀꺽 삼켰다. 오늘 점심은 맛깔스런 갈치찌개를 먹고 싶었다. 그러고 보니 벌써 점심시간이 한참 지나 있었다. 진욱은 갈치찌개 생각이 간절했으나 건너편에 있는 중국집으로 들어갔다.

점심시간이 지나서인지 중국집은 한산했다. 진욱은 자장면을 가져온 주인 남자에게 또다시 사정을 설명하고 인터뷰를 시도했다.

"나는 어릴 때 꿈이 자장면을 실컷 먹어보는 거였어요. 자장면만 실컷 먹을 수 있다면 세상에서 가장 행복할 것 같았어요. 자장면집 주인이 되는 게 꿈이었죠. 그런데 자장면집 주인이 되었는데 별로 행복한 줄 모르겠어요. 이제는 이 지긋지긋한 자장면집을 처분하는 게 제 소원입니다. 30년 동안 자장면 냄새를 줄곧 맡았더니, 이젠 지긋지긋한 지옥이 따로 없어요."

자장면집 주인은 세상에서 가장 불행한 사람의 얼굴을 하고 있었다. 갑자기 자장면 맛이 달아나서 진욱은 불어터진 자장면을 반이나 남기고 밖으로 나왔다.

그때 갑자기 앰뷸런스 소리가 들려왔다. 진욱의 시야에 병원 건물이 눈에 들어왔다. 병원 정문으로 들어서자 벤치에 젊은 부부가 앉아있는 것이 눈에 띄었다. 남편은 항암 치료를 받고 있는 모양인지 빡빡 깎은 머리에 털실로 짠 모자를 쓰고 있었다. 아내가 남편에게 귤을 까주고 있었다. 오랜 투병 생활을 했는지 그의 몸은 바짝 야위어 있었다. 진욱은 잠깐 망설이다가 두 사람에게 용건을 꺼내었다.

"행복?"

환자복을 입은 남편은 아주 아련한 표정을 지었고 그의 아내는 수줍게 미소를 지었다.

"행복이라는 말을 하면 행복이 달아날까 봐 너무 미안하고 조심스러울 정도예요. 그래요, 우리는 지금 아주 행복해요. 골수이식을 받을 수 있게 됐어요. 희망이 생겼으니까. 희망이 바로 행복이 아닐까요? 어제까지만 해도 우리는 세상에서 가장 불행한 사람이라고 생각했는데, 행복이 다시 우리를 방문해준 거예요. 얼마나 감사한지 몰라요."

진욱은 희망이라는 말과 행복이라는 말은 동의어라는 생각이 들어 고개를 끄덕였다.

병원을 빠져나와 차를 천천히 몰고 가던 진욱은 차를 세우고 주위를 둘러보았다. 차에서 내린 진욱은 근처 골목 안의 슈퍼로 걸음을 옮겼다. 50대의 슈퍼 아줌마가 평상에 앉아 콩나물을 다듬고 있었다.

"나는 사람을 미워하지 않는 게 행복이라고 생각한다우. 사람을 미워하면 그것이 지옥이니까 말이우. 우리 시어머니 살아계실 때 나는 시어머니가 너무 싫었수. 중풍 걸린 시어머니 모시느라고 내 팔자가 요 모양 요 꼬락서니가 된 것 같았으니 말이우. 그런데 시어머니가 돌아가시고 내가 왜 그랬나 싶어 후회 막심이라우. 젊은 양반도 미워하지 말고 살아요. 미운 사람 용서하면서 살아요."

진욱은 슈퍼를 나오다가 어떤

사람과 부딪치고 말았다. 그는 맹인들이 짚고 다니는 흰 지팡이를 들고 있었다. 진욱은 슈퍼 평상에 그를 앉히고 음료수를 내밀며 행복에 대해 물어보았다.

"저는 지금 아주 행복해요. 내 발로 걸어 다닐 수 있으니까요. 장애인 복지관에서 하반신을 못 쓰는 아내를 만나 결혼을 했어요. 그래도 걸어 다닐 수 있으니까 아내가 먹고 싶어 하는 것도 사줄 수 있고 직장도 다닐 수 있어요. 여기에서 더 행복을 바라면 안 되겠지만 아내 얼굴을 한 번만이라도 보고 싶어요. 하지만 두 손으로 아내의 얼굴을 만져볼 수 있고, 아내의 목소리를 귀로 들을 수 있으니 그것만으로도 감사해요."

그의 진지한 표정이 아니었다면 진욱은 하마터면 저도 모르게 거짓말하지 마세요, 라고 할 뻔했다.

"믿지 않으셔도 상관없어요. 남이 안 믿어줘도 나는 행복하니까요. 실제로 장애인 복지관에서 아내를 만나기 전까지는 정말 세상 원망 많이 하고 자살 시도까지 했어요. 하지만 나 같은 사람도 사랑받을 수 있다고 알게 해 준 아내를 만나고 나서부터는 내가 얼마나 행복한 사람인지 알았어요. 사랑을 잃어버리지 않는다면 그것이 바로 행복이 아닐까요?"

흰 지팡이를 더듬거리며 그는 골목길로 사라져갔다. 진욱은 그의 뒷모습을 오랫동안 쳐다보았다.

진욱은 인터뷰를 마치고 집으로 돌아오면서 아주 많은 행성들을 여행하고 자신의 별로 돌아온 어린왕자의 기분이 아마 이렇지 않았을까, 하고 생각했다. 하루 동안 몇 년의 인생을 살아버린 듯한 기분이 들었다.

눈을 감고 소파에 드러누워 있던 진욱은 벌떡 몸을 일으켰다. 이번 일요일에는 아버지가 입원하신 병원에 가봐야겠다는 생각이 들었다. 진욱은 전화기를 들고 폰뱅킹에 접속했다. 전화기의 숫자 버튼을 꾹꾹 누르는 진욱의 손가락 끝에는 힘이 잔뜩 들어가 있었다.

진욱은 창밖을 내다보았다. 사랑을 잃어버리지 않으면 그것이 행복이 아닐까요, 하던 어느 젊은 맹인의 말이 밤하늘의 별로 떠 있었다.

문득 아이의 웃음소리를 들을 때, 사과를 한 입 베어 물 때, 텃밭에서 살찐 무를 뽑아올 때 행복합니다. 사랑을 잃어버리지 않는다면 그것이 행복이 아닐까요, 하던 어느 젊은 맹인의 말이 별로 떠 있는 밤하늘, 수없이 많은 희망들이 깜박입니다.

너무 착한 순덕씨

"수정엄마, 우리 재민이 좀 봐줘요. 나 지금 너무 바쁘거든. 사정은 갔다 와서 이야기해 줄게."

현관문을 열기가 무섭게 옆집 재민엄마는 다짜고짜 재민이를 덥석 안겼다.

"이것 봐, 재민엄마. 나 좀 봐. 나도 볼 일 있어."

순덕씨는 재민이를 거실에 내려놓고 재민엄마를 뒤쫓아 갔다. 재민이가 악을 쓰며 울어댔다.

"나 지금 너무 바쁘거든. 우리 재민이 울잖아."

엘리베이터에 올라탄 재민엄마는 미스코리아처럼 손을 흔들며 눈을 찡끗했다. 순덕씨는 어이가 없어서 가슴을 주먹으로 마구 두드렸다. 재민이의 울음소리는 그때까지 그악스럽게 이어지고 있었다. 착한 순덕씨는 얼굴을 찡그리며 집으로 들어가 재민이를 안아 주었다.

하여간 순덕씨는 너무나 착해 빠진 것이 탈이었다. 착한 게 지나쳐 병이 될 정도였으니 이건 말 다한 거였다. 이름마저도 순덕이었으니 사람들은 순덕씨에게서 착하고 순박한, 아주 시골 아낙네스러운 것만을 기대했다. 바로 옆집에 사는 재민엄마의 경우는 도가 지나칠 정도였다.

"어머, 순덕씨는 어쩜 외모하고 이름하고 성격하고 그대로일까? 나는 세상에 순덕씨만큼 착하고 순박한 사람은 못 봤어요."

입에 침이 마를 정도로 순덕씨를 착하다고 칭찬하던 재민엄마는 그때부터 툭하면 이제 갓 돌이 지난 재민이를 맡기고 외출하기 시작했다. 순덕씨의 장점이자 단점은 남에게 거절을 못하는 것이었다.

시댁이나 친정의 궂은 일이 생기면 도맡아하는 것이 순덕씨였다. 시어머니나 친정엄마가 병원에 입원하면 한 달이고 두 달이고 병수발을 하고, 동서들의 집안일에도 불려 다니며 파출부 노릇까지 했다.

재민이를 맡기는 것에 재미를 붙인 재민엄마는 불쑥불쑥 순덕씨의 집에 들어와 점심 식사를 해결했다. 설거지 한 번 해주는 법이 없었다. 대신 순덕씨의 음식 솜씨를 마르고 닳도록 칭찬했다. 그것은 음식을 나누어 달라는 소리보다 더 무서운 말이었다. 순덕씨는 김치나 같은 밑반찬을 재민엄마에게 울며 겨자 먹기로 덜어주곤 했다.

순덕씨는 재민이를 볼 수 없다고, 아무리 음식이 맛있다고 칭찬을 해도 주기 싫으면 주지 않겠다고 마음을 다잡아먹었지만 단 한 번도 입 밖에 꺼내보지 못했다.

순덕씨는 재민엄마를 볼 때마다 울화가 치밀어올랐지만 속으로 끙끙 앓기만 했다. 급기야 할 말을 속 시원하게 내뱉지 못해서인지 순덕씨의 몸에도 이상 증세가 왔다. 머리가 깨질 듯 아프고 가슴이 옥죄어들고 모든 의욕이 없어졌다. 친구들은 화병이라고 진단했다.

순덕씨는 아무런 증상을 발견할 수 없다는 의사에게 스스로 자청해서 입원을 했다. 병상에 드러누워 있으니 순덕씨는 조금은 살 것 같았다. 아프다고 이렇게 누워있는 것만으로도 누군가에게 위안을 받는 기분이었다.

초등학교 동창인 친구가 병문안을 오자 순덕씨는 그간의 사정을 다 털어놓았다. 친구는 다 이해를 한다는 듯 고개를 끄덕이며 긴 이야기에 귀를 기울여 주었다.

"나도 예전엔 그랬어. 싫은 데도 남한테 말 한마디 못하고 속으로만 끙끙 앓고 그랬어. 이젠 안 그래. 순덕아, 이젠 싫은 건 싫다고 말해. 네가 싫다고 말해서 무슨 큰 일이 나는 게 아니야."

"그게 어디 말처럼 쉽니?"

"너 보고 착하다고 하는 그 말이 너를 꽁꽁 묶어두는 밧줄이란 거 모르니? 착한 것도 스스로 하고 싶어서 해야지, 남이 착하다고 한다고 억지로 하는 거, 결국은 그건 너 스스로를 속이는 짓이야. 너를 묶을 수 있는 것도 너를 풀어 줄 수 있는 것도 바로 너야. 네가 원하지 않으면 억지로 하지 마. 이제 좋은 건 좋다고, 싫은 건 싫다고, 하지 않겠다고 분명히 말해."

친구의 말에 순덕씨는 고개를 끄덕였다. 이제 너무 착해빠진 순덕씨가 아니라 반만 착한 순덕씨가 되겠다는 생각을 했다. 남들이야 웃겠지만 그것은 순덕씨로서는 마치 운명을 바꾸는 것과도 맞먹는 아주 대단한 결심이었다.

두 손을 묶고 있던 끈이 풀어지는 듯한 느낌이 들어 순덕씨는 팔을 휘저어 보았다. 병실 창밖 하늘에는 까치 한 마리가 힘차게 날아가고 있었다.

 너무 착한 순덕씨, 이젠 싫으면 싫다고 분명하게 말하기로 하셨죠? 착한 사람이라는 칭찬을 듣는 것이 뭐가 그리 중요한가요. 문제는 내가 하고 싶어서, 내가 원해서 해야 한다는 것입니다. 순덕씨, 스스로 자신 인생의 주인공이 되세요.

달팽이 등에 쓴
텃밭 편지

　　　　　　　　식물에게는 햇볕과
물과 양분 이외에도 가장 중요한 것이 하나 있습니다.
　별것 아닌 일에 마음이 상해 이틀 동안 텃밭에 나가보지 않았습니다. 불볕 아래서 채소들이 내지르는 비명이 이명처럼 들려왔지만 귀를 막았습니다. 눈을 질끈 감아버렸습니다. 갑자기 만사가 귀찮았기 때문이에요.
　아침에 몸을 추슬러 밭에 나가보았습니다. 말라죽은 채소들도 몇 포기 있었고 아직 새파란 불길처럼 생명력을 내뿜는 채소들도 있었지요.

열무와 얼갈이배추가 죽어가고 있었어요. 촘촘하게 자라난 것은 말라죽어 가고 있었고 혼자 멀찍이 떨어져 있는 것은 싱싱했습니다.

그런데 말이에요. 상추는 정반대였어요. 촘촘하게 심어진 상추는 가뭄을 덜 타고 혼자 떨어져 있는 상추는 시들시들했어요.

식물에게도 간격이 이토록 중요한데 사람 사이의 적당한 간격은 대체 얼마만큼 일는지요? 그 적당한 간격을 알아챌 수 있을 때는 언제일는지요?

두 번째 텃밭 편지

텃밭에서 한나절 일하고 돌아와 시어머니와 맥주를 마셨습니다. 시어머니께서 먼저 일구었던 텃밭인데 이제는 며느리가 텃밭을 물려받았습니다.

올해 팔순이신 우리 시어머니, 쪼글쪼글한 얼굴을 마주하고 술을 마십니다. 술맛이 좋으네요.

우리 시어머니와 미워하며 정붙이며 살아온 세월이 만만치 않습니다. 왜 하필이면 내가 시어머니를 모셔야 하나 하고 원망했던 적도 많았습니다. 여전히 어머니랑 같이 사는 일이 버겁긴 마찬가지네요. 그러나 마음 한 구석에 일어나는 연민의 마음은 숨길 수가 없군요. 병 없이 돌아가셨으면 하는 마음과 조금 더 내 곁에 계셔주셨

으면 하는 두 가지 마음이 밀물과 썰물 지듯
왔다 갔다 합니다.

"나 죽거들랑, 화장해서 온 산천에 훨훨 뿌리 거래
이. 그기 기중 질로 깨끗한 기다."

시어머니께서는 살아남은 자식들에게 자신을 짐 지우는 게 싫으
신 것입니다. 어머니의 묘에 벌초를 하느라 성묘를 하느라 자식들
끼리 말썽이 생기고 의가 상할까 봐 미리 단속을 하시는 것입니다.

저 주름진 몸, 주름진 손, 주름진 얼굴에서 개울물 소리가 들리는
것 같습니다. 어머니의 몸에 세월이 새겨놓은 길들이 가득합니다.

시어머니의 저 주름 가득한 수천의 길 속에 아이였던 한 시절과
소녀였던 한 시절, 처녀였던 한 시절, 어머니였던 그 한 시절의 길
들이 환하게 보입니다.

어머니께서 그 세월의 주름 옆에 만들어 놓은 그 텃밭에서 이제
는 젊은 며느리가 느리게 느리게 호미질을 하고 있습니다.

세 번째 텃밭 **편지**

아침에 딧밭에 나
갔습니다. 그동안 내가 음식물 찌꺼기와 잡초와 흙을 섞어놓은 거
름더미에는 구더기와 지렁이가 들끓고 있었습니다.

인간이 더러워하고 끔찍해하는 그 썩어가는 것들의 향기를 지상의 가장 황홀한 향기라고 생각하고 모여드는 저 벌레들을 한참 들여다보았습니다. 썩은 거름더미 위에서 한참 벌어지는 하루살이들의 화려한 군무는 혼자 보기 아까울 정도입니다.

아아, 내 마음도 저렇게 푹푹 썩어, 아주 잘 썩어서 향기를 낼 수 있을는지요. 썩은 내 마음을 지상에서 가장 맛있는 음식이라고 맛나게 푹푹 떠먹을 당신이 그립습니다.

네 번째 텃밭 **편지**

텃밭에 물을 주고 개울가 모래밭에 앉아 흘러가는 물을 바라봅니다. 물 속에 스민 저 노을의 빛깔, 아 강물이 나의 마음을 알아주고 먼저 울고 있었구나 싶습니다.

돌멩이를 물의 심장 속으로 던져봅니다. 돌멩이 하나가 일으키는 작은 파문, 번져가는 물무늬. 물은 돌을 제 가슴에 가라앉히고 아무 일 없다는 듯 아무 일 없다는 듯 흘러가는군요. 흘러가는 물을 바라보면 저도 모르게 용서할 수 없는 이들에 대한 분노도 미움도 내 마음 속 좁은 연못에서 빠져나와 저 물 속에 스며들어 흘러가는 것 같습니다.

물의 살결을 만져보았습니다. 누군가의 마음속으로 손을 스윽 집어넣은 기분이었습니다. 참으로 부드럽고도 서늘한 마음이었습니다. 부드러운 칼날이라는 단어가 문득 떠올랐습니다.

저물 무렵 강가에 홀로 앉아 있는 사람들을 보면 어머니에게 안겨있는 어린 아이 같습니다. 어머니이신 물이 상처 입은 아이들의 등을 다독다독 두드려주는 것만 같습니다.

목마른 채소들에게 흠뻑 물을 주고 물가에 앉아있노라면 내가 살아낸 하루가 10년 전처럼 아득하고 세상살이 걱정은 물결 따라 흘러갑니다.

다섯 번째 텃밭 **편지**

이곳 도시의 변두리에 살다가 사람들이 북적이는 곳에 잠시 살았던 적이 있었습니다. 차들이 쌩쌩 달리는 대로변의 아파트에서 살던 무렵 불면증에 시달렸습니다. 내 옅은 잠 속으로 구정물처럼 부어지던, 차들이 질주하던 소리들, 오토바이 폭주족 소리. 질주하는 생의 속도에 현기증이 나고 멀미가 났습니다.

눈만 뜨면 마주치는 회색 건물의 빽빽한 숲들, 나는 향수병에 시달렸습니다. 푸름 결핍증에 시달리는 환자처럼 말이에요. 개천가에 흔들리던 잡풀들과 그리고 풀벌레 소리들, 돌멩이가 훤히 비칠 정도로 맑은 개천에서 헤엄치던 송사리와 피라미와 고요한 바람에도 번져가던 아름다운 물무늬가 한없이 그리웠습니다.

도시의 한가운데서 상처 입고 깨지고 피 흘리다가 다시 도시의 변두리로 돌아와 텃밭의 살찐 흙을 만집니다. 이 그리운 흙냄새, 콘크리트 같았던 내 마음에도 비로소 피가 돌기 시작합니다.

내가 키운 상추와 얼갈이배추를 옆집에 한줌씩 나누어 줄 때의 차오르는 기쁨이라니. 운전면허도 필요 없는 저 달팽이가 기어가는 길, 땅을 온몸으로 맛보면서 기어가는 길.

느리게 느리게, 달팽이처럼 느리게 걸어가며 이 기적 같은 들판을, 향기로운 바람을 더 오래 바라볼 것입니다. 그토록 도시로 달아나고 싶었으나 나는 흙 가까이로 돌아왔습니다.

여섯 번째 텃밭 **편지**

텃밭에 엎드려서 일을 하는 사람들은 나이 드신 할머니 할아버지들이 대부분입니다.

텃밭에서 1층에 사는 할머니를 만났습니다. 그 할머니의 얼굴은 새까맣게 햇볕에 그을려 있었습니다. 단 하루도 빠짐없이 텃밭에서 채소를 정성스레 돌보는 할머니입니다.

그 할머니는 2년 전에 교통사고로 두 딸과 사위를 잃어버리고 외손자를 맡아 기르고 있는 할머니입니다. 그 사고는 뉴스에도 난 적이 있는 아주 끔찍한 사고였습니다. 그야말로 할머니는 창자가 끊어질 만큼 비통한 참척의 아픔을 겪으신 분입니다.

사고가 나기 전까지 할머니는 할아버지와 여행도 자주 다니고 부러울 것 없는 노년을 보내는 여유로운 분이었습니다. 그 사고가 나자 할아버지마저 상심이 크셨는지 1년 만에 돌아가시고 말았지요. 할머니는 집 안에 꼭 틀어박혀 두문불출하셨습니다.

그러던 할머니가 어느 날부터 단 하루도 빠짐없이 텃밭에 쭈그리고 앉아 채소농사에 온 정성을 기울이고 있었습니다. 채소를 들여다보면서 풀을 뽑고 있는 할머니의 얼굴은 기도를 드리고 있는 사람의 표정처럼 아주 경건해 보였습니다. 채소를 들여다볼 때의 표정은 평소의 할머니답지 않게 아주 부드러운 표정이었지요.

텃밭에서 할머니를 볼 때마다 할머니를 일으켜 세운 무엇인가가 저 텃밭 속에 숨어있는 게 아닌가 하는 생각이 들었습니다. 텃밭의 무엇이 할머니를 저렇게 툴툴 털고 일어나게 만들었는지 궁금했습니다. 내가 기억하는 그 할머니는 가족들을 한꺼번에 잃어버려 영혼이 쏙 빠져 달아난 사람처럼 보였으니까요. 마치 유령이 걸어 다니는 게 아닌가 하는 생각이 들 정도로 약간 무섭고 기괴한 기분이 들기까지 했습니다.

그동안 저 여린 채소들이 할머니의 상처투성이 마음을 쓰다듬어 주고 약을 발라주었던 모양이에요. 사람들의 위로의 말 한마디 보다 때로는 저 식물들이, 자연이 영혼을 치료해주는 명약이 될 수도 있다는 것을 알게 되었습니다.

　사람의 마음에도 밭이 있습니다. 그 마음밭을 일구고 옥토를 만들어 살아있는 생명을 키워내는 일의 숭고함이 상처 입고 피 흘리는 영혼까지 치유해주는 것 같습니다. 마음속의 밭이 아무 생명도 키워내지 못하는 황무지거나 자갈밭일 때 사람의 영혼도 병이 드는 게 아닐까요.

　텃밭의 그 살찐 흙 속에는 생을 부축해주는 지팡이 같은 힘이 숨겨져 있나 봅니다.

　달팽이선사께서 느리게 사는 것이 아름답다고 말없는 말 한마디를 남겨놓고 흰 구름을 등에 태우고 느릿느릿 기어갑니다.

흙을, 저 숨쉬는 흙을 덮어버린 시멘트와 아스팔트 위로 질주하는 도시의 삶. 더 빨리 달려간다 해서 우리가 얻을 수 있는 것이 과연 무엇일까요. 운전면허가 필요 없는 달팽이의 등에 텃밭 편지를 쓸 수 있을 날이 얼마일지 가늠해봅니다. 텃밭의 상추와 들풀들과 번져가는 물무늬를 더 오래 바라볼 수 있기를 …….

천사의 웃음소리

몸살기가 있어 다른 날보다 삼십 분이나 늦게 일어난 그녀의 아침은 엉망이었다.

남편은 와이셔츠가 다려지지 않았다고 화를 벌컥 냈다. 잠옷을 입은 채 아이는 그제야 준비물 이야기를 꺼내었다. 하지만 그 시간에 아이가 말한 준비물을 구할 수는 없었다.

아이는 준비물을 가져가지 않으면 선생님께 혼이 난다며 울며불며 소동을 피웠다. 떼를 쓰는 아이를 본 남편은 그녀에게 짜증을 내었다.

"이이구, 집에서 실림하는 어자가 도내체 세대로 하는 일이 있어야지. 마음에 드는 구석이 하나도 없다니까."

남편은 그녀의 자존심을 은박지처럼 마구 구겨버리고는 현관문을 쾅 닫고 나가버렸다.

그녀는 식구들이 나가버린 집 안에서 우두커니 한참을 서 있었다. 남편이 옷을 있는 대로 옷장에서 다 끄집어내 팽개치는 바람에 안방은 한바탕 도둑이 휩쓸고 간 것처럼 보였다.

식탁과 개수대에는 설거짓거리가 잔뜩 쌓여 있고 아이가 어질러 놓은 거실은 발 디딜 데가 없었다. 평소와 크게 다를 바 없는 광경이었지만 한숨이 저도 모르게 새어나왔다.

고무장갑을 끼고 설거지를 하고 있을 때 전화벨이 요란하게 울렸다.

"여보세요?"

"에미냐? 나, 오늘 서울 올라갈란다. 관절염이 도지 갖고 이거는 밥도 몬 해묵고 죽을 노릇이다. 병원도 다녀야겠고, 에미야, 듣고 있나?"

"네."

그녀는 약간 볼멘소리로 시어머니에게 대답했다.

"그라고 옻닭 두 마리 고아 놔라. 옻닭이 묵고저버 죽겠다."

시어머니가 전화를 끊자마자 그녀는 눈살을 있는 대로 찌푸렸다. 옻닭이라니! 그녀는 옻나무 근처에만 가도 가려워 미치는 체질이었다.

시어머니는 서울에 오면 최소한 한 달 정도는 그녀의 집에 머물렀다. 그 한 달 동안 외출도 자유롭게 못하고 시어머니의 끼니 수발에 매달려 있어야 했다.

하필이면 오늘 같은 날 오실 게 뭐람. 아아, 마음이 시궁창 속 같아. 그녀는 집도 치울 생각도 하지 않고 소파에 한참을 엎드려 있다가 부스스 몸을 일으켰다. 장을 보러 나가야 한다는 데 생각이 미쳤다. 시장바구니를 챙겨들고 밖으로 나왔다.

햇빛은 눈부시고 바람은 맑고 서늘했다. 가족들을 내팽개치고 낯선 곳으로 문득 떠나고 싶다는 생각이 들었다. 아파트 정문 앞 화단에 서 있는 키 큰 해바라기 꽃이 목이 긴 가로등처럼 환하게 보였다. 맑은 초가을 공기 속에 서 있는 나무들은 아무런 걱정도 없어 보였다.

아파트 화단과 아스팔트의 경계면의 좁은 틈새에 피어난 강아지풀이 바람에 흔들리고 있었다.

저 강아지풀은 시멘트 틈새에서 자라나도 제 몫의 삶을 받아들이고 열심히 살아가고 있구나.

강아지풀에 눈을 맞추고 쪼그려 앉아 있으니 그녀는 자신이 삶에 대하여 너무 엄살을 떨고 있다는 생각이 들었다.

시장이 가까워지지 활기차게 사람들이 오가는 모습이 시야에 늘어왔다. 엄마를 따라온 아기가 뒤뚱대며 걷다가 그녀를 보고 방긋 웃어주었다. 그녀는 저도 모르게 미소를 지으며 아기를 보고 손을 흔들어 주었다.

　아기의 웃음 때문이었을까. 시궁창 속 같았던 마음속에 꽃 한 송이가 피어나고 나비 한 마리가 순식간에 날아드는 것만 같았다.

　발걸음을 멈추고 아기를 한참 동안 바라보았다. 아기는 미꾸라지를 파는 할머니 앞에서 걸음을 멈추고 미꾸라지를 구경하고 있었다. 아기는 무엇이 신기하고 우스운지 까르르 웃으며 박수를 쳤다. 아기의 비눗방울처럼 가벼운 웃음소리가 무거운 기분을 새털처럼 가볍게 만들어 주었다.

　두 눈이 있어 이 모든 풍경들을 하나하나 볼 수 있다는 사실이 문득 눈물겹도록 고마웠다. 그 순간 그녀는 자신이 아주 행복하다는 생각이 들었다. 아! 행복해, 라는 말이 저절로 입 밖으로 새어나왔다. 이토록 사소한 것에도 행복해질 수 있다니 갑자기 눈물이 핑 돌았다.

　그녀가 들고 있는 빈 시장바구니 속에는 아기천사의 웃음소리가 가득 담겨져 있었다.

아! 행복해, 하고 두 팔 벌리고 심호흡을 해보세요. 온갖 짜증스럽고 우울했던 기분이 썰물처럼 빠져나갈 거예요. 지금 한번 해보세요!

천사엄마

　　　　　당신을 처음 만난 곳은 놀이터였습니다. 내가 당신에게 관심이 갔던 이유는 당신의 날씬한 몸매 때문이었어요. 당신을 만났을 무렵, 살찐 내 몸을 보여주기 싫어 나는 되도록이면 외출을 피할 정도였습니다. 날씬한 사람들만 보면 까닭 모를 심술이 나던 무렵이었지요. 남편의 얄팍한 월급봉투도 화가 나고, 나보다 잘사는 친구들을 보면 화가 나 늘 불평불만을 입에 달고 있었지요.

　그날따라 아이는 해가 쨍쨍 내리쬐는 대낮인데도 밖으로 나가자고 졸라댔습니다. 여름 한낮의 놀이터에는 아이들이 놀러 나오지 않습니다. 그런데 그날은 놀이터에 아이들이 있었습니다.

　덩치가 큰 6학년쯤으로 보이는 여자애 한 명과 초등학교 1학년쯤으로 보이는 여자애, 그리고 다섯 살쯤으로 보이는 남자애가 놀고 있었습니다. 그 남자애의 엄마라기에는 다소 어려 보이는 당신이 아이를 데리고 놀고 있었습니다. 당신은 요즘 엄마들 같지 않게 아주 차분하고 순해 보이는 인상이었습니다. 나는 당신이 아이들의 이모라고 생각했습니다.

나는 시소를 타고 있는 큰아이에게 대수롭지 않게 말을 걸었습니다.

"너희 이모 정말 날씬하고 이쁘시다야."

"이모 아닌데요. 우리 엄만데요."

아이는 약간 화가 난 듯 보였습니다. 눈치가 영 젬병인 나는 거기서 입을 다물어야 했는데 또 한마디를 덧붙였습니다.

"어머머, 그럼 너희 엄마는 도대체 몇 살에 결혼하신 거니? 세상에!"

아이가 난처한 표정을 지으며 시소 쪽으로 걸어가 버렸습니다.

아이의 그네를 밀어주던 당신이 다가왔습니다. 호기심을 참지 못한 나는 대뜸 몇 살이냐고 당신에게 물어보았습니다. 당신은 스물아홉 살이라고 웃으며 대답했습니다.

초등학교 6학년으로 보이는 아이와 스물아홉 살의 엄마라니, 도무지 이해가 가지 않아 나는 고개를 갸웃거렸습니다. 당신은 이사 온 지 며칠밖에 안 되었는데 아이들이 아직 친구도 없고 심심해하는 것 같아 밖에

나왔다고, 앞으로 잘 부탁한다고 깍듯하게 고개를 숙이기까지 했습니다.

그날부터 나는 당신을 '처녀엄마'라고 별명을 지었습니다. 당신은 네 번째 나를 만났을 때 모든 사실을 이야기해 주었습니다. 당신은 아이 셋 딸린 남자와 결혼을 했다는 것이었습니다. 그 남자의 전처는 억대의 카드 빚을 지고 가출을 했고, 1년 뒤 두 사람은 이혼을 했다고 했습니다. 아직도 전처가 진 빚을 갚아나가느라고 생활이 많이 쪼들린다고 했습니다.

한 여자는 자신이 낳은 아이 셋을 버리고, 한 여자는 그 여자가 버린 아이들을 친자식보다 더 애지중지 키우고 있다니 기가 막혀 나는 헛웃음을 웃었습니다. 당신이 무슨 외계인 같기도 하고 테레사 수녀님같이 보이기도 했습니다. 나는 당신에게 도대체 부잣집 아들도 아니고, 총각도 아닌 그 남자의 어디가 좋아서 결혼을 했는지 물어보았습니다.

당신은 친정엄마의 반대가 극심했기 때문에 지금은 거의 친정 출입도 하지 못하고 있는 형편이라고 했습니다. 당신이 입은 옷과 세간들은 어느 것 하나 변변한 것이 없어 보였고 집안 살림살이에는 가난의 냄새가 솔솔 풍겼습니다. 사정을 알고 나서 보니 당신의 바른 몸매도 날씬하게 보이는 것이 아니라 대책 없이 안쓰러워 보이기 시작했습니다.

나는 당신이 힘들다는 내색을 하기를 기다리고 있었습니다. 전처의 아이 셋을 키우는 것이 힘들지 않다고, 그토록 생활에 쪼들리며 살아가면서도 불평 한마디 하지 않는다는 것이 이상했습니다. 가면을 쓰고 웃고 있는 것처럼 당신이 가식적으로 보였지요.

"도대체, 왜 그런 결정을 하게 된 거예요? 결혼은 엄연한 현실인데."

나의 단도직입적인 질문에 당신은 조용조용 말을 이었습니다.

"글쎄요, 그걸 저도 모르겠어요. 왜 제가 이 사람의 아내가 되어야 한다고 생각했는지, 그가 불쌍해서 그런 것 같기도 하고, 그것보다는 제가 처음 이 집에 왔을 때, 저에게 와락 달려들어 품에서 안 떨어지던 돌이 막 지난 막내 영민이 때문이었을 거예요. 한 생명이 나를 너무나 필요로 하는구나, 하는 그 생각 때문이었어요. 목젖까지 치밀어오르는 그 뜨거움이 생생해요. 그 뜨거움이 생생하게 살아 있는 한 저는 영민이와 영경이, 영진이 손을 놓지 않을 거예요. 누구라도 그랬을 거예요. 날개를 다친 새가 풀숲에 떨어져 바들바들 떨고 있다면 누구라도 손을 내밀어 그 새를 보살펴줄 거예요."

오, 아직 처녀같이 앳된 당신이 아이를 열 명쯤 낳아 길러본 듯한 표정으로 말하는 동안 나는 천수관음상을 당신 얼굴에서 본 것 같았습니다.

천수관음은 눈동자가 달린 천 개의 손을 가졌다고 합니다. 천 개의 손바닥 하나하나에 눈이 있어 모든 사람의 괴로움을 그 눈으로 보고 그 자비로운 손길을 상처 입은 사람들에게 내민다지요.

영민이네 집이 갑자기 환해지는 것 같았습니다. 당신의 배경에서 은은한 빛이 새어나오는 것 같았습니다. 더 이상 영민이네 집은 가난하고 궁색한 집이 아니었지요. 천수관음이 살고 있는 아주 특별하고 멋진 집이었습니다.

 세 아이를 지켜주기 위하여 가녀린 당신이 억척엄마로 변해가는 모습이 놀라웠습니다. 생명을 감싸 안는 당신은 아름다운 사람이었습니다. 생명을 무엇보다 우선으로 여기는 당신, 날개를 다친 새, 꺾인 풀 한 포기도 외면하지 않는 당신, 가녀린 당신은 너무나 큰 사람이었습니다.

세상에서
가장 귀한 선물

유치원의 가족등반대회에 참가한 가족들이 아이들의 손을 잡고 산길을 오르고 있었다. 다른 가족들과는 달리 그 가족은 아무런 대화도 없었다. 한동안의 침묵이 어색했는지 아내가 남편에게 먼저 말을 걸었다.

"세상에서 가장 귀한 선물이 뭔지 알아?"

"글쎄, 뭘까?"

그는 그녀의 말에 고개를 갸웃했다. 왜 아내는 뜬금없이 이런 질문을 할까.

면목이 없었지만 할 수만 있다면 그는 아내와 다시 시작하자고 먼저 말을 꺼내고 싶었다.

일 중독자로 살아온 지난 7년 동안 아내는 묵묵히 그를 기다리기만 했다.

작은 무역회사를 차린 그는 해외에 출장 가는 일이 잦았다. 아내는 늘 혼자서 집안 행사에 참석했고, 아이와 둘이서 저녁을 먹고 주말을 보냈다. 어떨 때는 보름이나 한 달에 한 번씩 집에 들어갈 때도 있었다.

그는 빨리 성공을 해서 행복한 가정을 꾸미고 싶다는 생각에 밤낮을 가지지 않고 일했다. 그런데 믿는 도끼에 발등 찍힌다고 갑자기 아내가 이혼을 요구해온 것이었다.

그는 어처구니가 없었다. 한 번도 힘들다는 말을 하지 않던 아내가 그에게 이혼을 하자고 하다니 있을 수가 없는 일이었다. 아내에게 다른 사람이 생긴 것 같지도 않고 경제적인 불만도 없는 것 같았다. 아내는 단지 일 중독자 남편이 싫다고 했다.

아내의 말은 일과 가정 둘 중에 하나를 선택하라는 말로 들렸다. 하지만 그는 이제 막 달리기 시작한 성공가도에서 내려서고 싶지는 않았다. 그는 이혼은 할 수 없으니 그럼 당분간 별거를 하자고 제의를 했고 아내도 순순히 동의했다.

우연이었는지 아내와 별거를 한 이후부터 이상하게 그의 사업은 내리막길을 걷기 시작했다. 고급 화장품을 수억 달러어치나 수입해 홈쇼핑에 납품하기로 했으나 유통기한이 지난 싸구려 화장품으로 드러나 회사는 막대한 타격을 입게 되었다. 그러다가 결국 어음결제일과 은행의 대출만기일을 지키지 못해 애써 키운 회사는 부도를 맞고, 그는 채무자들에게 쫓기는 신세가 되고 말았다. 잘나가던 무역회사의 사장이 하루아침에 신용불량자에다 노숙자가 된 것이었다.

노숙자로 거리를 떠돈 지 석 달이나 되자, 그는 점점 재기의 의욕을 잃어가고 있었다.

"아빠, 이번 주 일요일에 가족등반대회가 있어요. 꼭 같이 가요. 아빠 사랑해요. 무지무지 보고 싶어요."

핸드폰에는 아이의 음성 메시지가 입력되어 있었다. 노숙자 주제에 무슨 핸드폰인가 싶었지만 핸드폰이라도 없으면 가족들과 연결되어 있는 끈이 완전히 끊어져버릴 것만 같았다. 두 번째 음성 메시지를 확인했다.

"여보, 힘들겠지만 처음으로 부탁 한 가지 할게. 준혁이 유치원 가족등반대회에 꼭 참석해 주었으면 해. 준혁이가 우리 가족 모두 다 가야한다고 조르는 바람에 아빠도 참석할 수 있을 거라고 했어. 나도 모르게 약속을 해버리고 말았어. 힘들겠지만 여보, 꼭 와줘. 기다릴게."

노숙자가 된 남편더러 유치원 행사에 참석해 아빠 노릇을 하라니! 이건 지나가던 소도 웃을 노릇이군. 그는 혼자서 헛웃음을 지었다.

아빠와 함께 처음으로 유치원 행사에 참석하는 아이의 표정은 한

껏 들떠있었다. 아이가 유치원을 3년째나 다니고 있었지만 유치원에서 운동회가 있거나 재롱 잔치나 학예 발표회가 있어도 한 번도 참석한 적이 없었다.

그는 지금까지 자신이 돈만 벌어다주는 아빠였다는 것을 처음으로 깨달았다. 그런데 이제 노숙자로 전락했으니 돈만 벌어다주는 아빠 노릇도, 남편 노릇도 못하게 되었다는 생각에 가슴이 아렸다.

도립공원인 산 아래의 주차장에는 이미 많은 가족들이 몰려와 사회자의 말에 귀를 기울이고 있었다.

눈부시게 화창한 가을날이었다. 붉은 단풍 사이로 보이는 하늘빛이 눈이 시릴 정도로 고왔다. 가을 하늘은 바다만큼 넓은 천에 푸른 염료로 물을 들인 것처럼 보였다.

"여보, 저 단풍 정말 곱지?"

"응."

그는 아내가 아직도 자신을 여보라고 불러주는 것에 가슴이 뭉클했다.

"꼭 누군가를 그리워하는 붉은 마음이 저 단풍잎으로 물든 것처럼 보여."

"당신, 꼭 시인 같은데?"

"몰랐어? 나 한때 문학소녀였다는 거?"

아이의 손을 잡고 산으로 올라가면서 아내는 끊임없이 감탄을 했다.

"어머, 저 코스모스 좀 봐. 분홍빛이 저토록 예쁜 거 처음 알았어. 저런 색깔로 커튼 만들면 정말 이쁘겠다. 어머머, 당신, 저기 청설 모 좀 봐. 준혁아, 저기 좀 봐. 저기, 저 나뭇가지 위에 새까맣고 귀엽게 생긴 저 다람쥐같이 생긴 거, 저게 청설모야. 귀엽지?"

그는 아내가 감탄하는 것을 입을 벌리고 쳐다보았다. 그는 지금까지 아내를 오해하고 있었던 것이다. 명품 가방이나 보석 목걸이를 좋아하는 줄로만 알고 있었던 것이다. 아내는 아주 작고 사소한 것에 만족하고 감동할 줄 아는 사람이라는 것을 그는 오늘 처음으로 알게 되었다.

"세상에서 가장 귀한 선물을 맞춰볼까? 그것은 바로 지금 이 순간이야. 사랑하는 우리 식구들과 이렇게 가을 하늘 아래 서 있는 오늘 이 순간이 가장 귀한 선물이란 것을 알았어. 맞지?"

"딩동댕!"

아내가 실로폰을 치는 흉내를 내며 까르르 웃다가 그의 손을 가만히 잡았다. 가슴속에 뭉클한 느낌이 치밀어올랐다.

"오늘 이 순간은 다시 오지 않아. 나하고 준혁이에게 세상에서 제일 귀한 선물을 줘서 고마워. 당신과 오늘이란 두 가지 선물이 우리에겐 제일 귀한 선물이야."

202

아이가 나뭇잎으로 만든 왕관을 쓰고 손가락으로 브이 자를 그리면서 다른 아이들과 사진을 찍고 있었다. 아이의 왕관 위에 잠자리 한 마리가 내려 앉아 있었다. 세상에서 가장 아름다운 풍경이 그의 머릿속에 한 장의 사진으로 찍히고 있었다.

선량한 가정생활이 있는 한 어떤 나라도 무너지지 않는다고 홀랜드라는 미국의 소설가가 말했습니다. 아이들이 아빠를 필요로 할 때, 아내가 남편을 필요로 할 때 옆에 있어주세요. 지금 이 순간 내 옆에 있는 당신, 그리고 아이들이 세상에서 가장 귀한 선물입니다.

신발을 잃어버린 손님

오랜만에 손님이 가득 찬 토요일 저녁이다. 여기저기서 주문을 해대는 통에 미자씨는 정신이 나가버릴 지경이다. 남편은 상추를 사러 오토바이를 타고 나가고 없다. 그동안 장사가 통 덜 되는 바람에 주방 아줌마와 남편과 미자씨, 아르바이트생 한 명으로 장사를 해왔다.

카운터에서 계산을 하고 난 손님이 한참 신발을 찾다가 미자씨를 불렀다.

"아줌마!"

"네!"

"신발이 안 보이는데요."

미자씨는 그만 그 자리에 주저앉고 싶은 심정이다.

"어제 새로 산 구둔데, 이걸 어쩌지?"

"잘 찾아보세요, 손님."

미자씨는 사색이 되어 겨우 말을 꺼낸다. 모처럼 손님이 많이 들어 다행이라 싶었는데 구두값을 물어주면 말짱 헛일이다. 인건비를 아껴가며 죽자 사자 일해도 구두값 십오만 원이나 이십만 원 상당을 변상해주고 나면 두 눈을 뻔히 뜨고 날강도를 당한 심정이다.

어떻게 된 노릇인지 신발을 잃어버린 손님들은 대부분 어제 오늘 새로 산 구두라고 하거나, 브랜드 신발이라고 우긴다. 하긴 남의 신발을 신고 가는 사람이 헌 신발을 신고 가기는 만무하다. 특히나 학생들이 나이키 운동화나 아디다스 운동화를 잃어버렸다고 할 때는 미자씨는 그 자리에서 연기처럼 사라져 버리고 싶은 심정이 된다.

"아주머니, 아주머니, 정신 차리세요."

다리에 힘이 풀린 미자씨는 저도 모르게 바닥에 주저앉고 만다.

"너무 걱정하지 마세요. 보자, 어디 남은 신발이라도 한 켤레 있나? 없으면 슬리퍼라도 하나 주세요."

미자씨는 반신반의하는 표정으로 손님을 쳐다본다. 몇 년 동안 장사를 했지만 이런 손님은 처음이다.

어제만 해도 속이 터지는 일이 있었다. 옆 테이블에 앉은 손님이 실수로 간장을 엎지르고 말았다. 그 옆 자리에 앉았던 남자 손님이 자신의 옷에 간장이 묻었다고 소리를 지르며 난리를 피웠다. 주인이 세탁비를 변상해야 한다고 막무가내로 억지를 부리는 바람에 세탁비 이만 원을 변상해 주기까지 했다.

"나도 옛날에 술김에 남의 새 구두를 신고 나온 적이 있었어요. 바쁜 일이 있어서 일주일 뒤에 그 식당에 찾아갔는데, 식당 주인이 고생을 많이 했더라구요. 그 신발 잃어버린 사람이 주인에게 신발 값 물어내라고 있는 대로 행패를 부리는 바람에 주인이 애 많이 먹었나 봐요. 아줌마가 잃어버린 것도 아닌데, 너무 낙심하지 마세요. 제가 다 미안할 지경이네요."

신발 찾아내라고 막무가내로 소리 지르는 손님과 삿대질을 하면서 싸운 적도 있는 미자씨였다. 이렇게 너그러운 손님은 한 번도 대한 적이 없어 오히려 난처할 지경이다.

"손님, 죄송해서 어떡해요. 다음에 들르세요. 제가 구두 티켓 하나 끊어드릴게요."

"이런 일로 낙심하지 말고 장사 잘 하세요."

"네, 손님. 고맙습니다, 정말 고맙습니다."

미자씨는 슬리퍼를 신은 손님의 등 뒤에다 대고 몇 번이나 머리를 숙이고 인사를 했다.

세상에는 저렇게 따뜻한 사람도 있구나. 미자씨는 아주 친절한 식당에 들어가서 귀한 대접을 받고 나온 손님은 정작 자신이라는 생각에 미소를 지었다.

식당으로 들어서는 가족 손님들에게 미자씨는 활기찬 목소리로
인사를 했다.

"어서 오세요!"

불경기에 식당 주인들의 이마에는 골이 깊어 갑니다. 손님의 신발값까지
물어주어야 하는 주인의 심정을 헤아리는 그런 마음 따뜻한 손님이 한
사람쯤 있겠지요. 역지사지의 마음, 상대방을 배려하는 사려 깊은 마음
이 이 힘든 시절을 건너게 해주는 징검다리입니다.

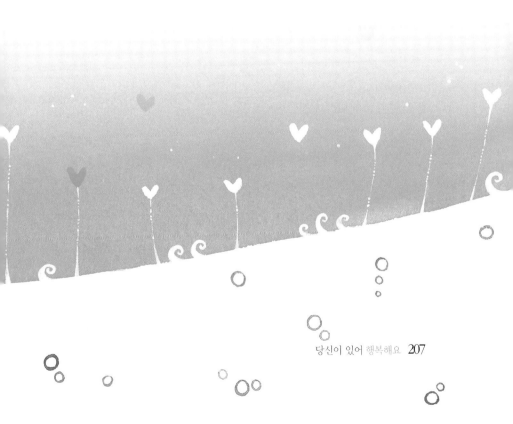

아빠의 김밥

"아빠, 내일 우리 학교 소풍 가. 아빠, 나도 다른 애들처럼 집에서 만든 김밥 싸줘. 사가지고 가는 김밥은 싫단 말이야."

내일이 소풍이라는 초등학교 1학년인 지윤이의 알림장을 보면서 나는 어려운 숙제를 해야 하는 아이의 심정이 되었다. 그것은 바로 김밥 때문이었다. 김밥 때문이라니! 남들이 들으면 웃을 일이지만 나로선 풀기 난감한 수학 숙제 같은 것이었다.

결혼을 하고 아이를 낳고 산후우울증을 심하게 앓은 아내는 결혼 생활을 힘들어했다. 아내는 다시 공부를 시작하고 싶어 했다. 의상 디자이너가 꿈이었던 아내는 이탈리아로 유학을 보내달라고 했다. 뭔가를 시작해 보겠다는 아내의 말이 반가워 나는 아이를 내가 키우기로 하고 아내를 이탈리아로 떠나보냈다. 아내가 이탈리아로 유학을 떠난 지 3년째 접어들고 있었다.

아이를 유치원에 보내고 나서부터는 김밥을 싸야 하는 일이 한두 번이 아니었다. 견학을 간다거나 봄 소풍, 가을 소풍 그리고 수영장, 정글짐 같은 유료 놀이시설에 갈 때도 김밥을 싸주어야 했다. 아니 엄밀하고 정직하게 말하자면 김밥 전문점이나 시장에서 한 줄에 천 원 하는 김밥을 사서 일회용 도시락에 담아주는 것이었다.

처음에는 도시락에 담는 요령도 없어서 일회용 알루미늄 도시락과 나무젓가락을 검은 비닐봉지에 담아서 보냈다. 하지만 이런 일이 자꾸 거듭되면서 나는 께름칙한 기분이 들었다. 어머니 생각이 떠올랐다. 나는 내 딸아이 김밥 하나 싸주는 것도 버거워서 사주곤 하는데 어머니는 어떻게 했던가. 어머니의 수고로움에 비하면 내가 남자여서 김밥을 싸기 어렵다는 것은 핑계에 불과했다.

7남매의 어머니가 김밥을 쌌던 일을 생각하니 진저리가 쳐질 정도였다. 어디 김밥뿐이었겠는가. 초등학교, 중학교, 고등학교까지 얼마나 오랜 세월 동안 어머니는 김밥과 점심도시락을 싸야 했던가?

그 시절 어머니가 해주는 소풍 준비란 지금처럼 간단한 것이 아니었다. 그 모든 소풍 준비의 재료 일체를 산이나 들에서 구해왔다. 가을이면 밭에서 캐온 고구마와 땅콩을 삶고 산에서는 밤을 주워와 삶았다.

가을 소풍 전날 어머니를 따라 땅콩을 캐러 들로 갔던 적이 있었다. 기다랗게 뻗어있는 줄기를 호미로 파서 쑥 뽑아 올리면 줄줄이 알사탕처럼 따라 올라오던 올망졸망한 땅콩들. 그 풋풋한 땅콩 비린내. 어머니는 모래를 탈탈 털어 소쿠리에 담았다. 나는 땅콩 밭을 어린 송아지처럼 뛰어다니며 물구나무를 서고 재주를 부렸다.

볶은 참깨를 빻는 소리와 고소한 참기름 냄새에 눈을 뜬 나는 눈을 비비며 부엌을 들여다보았다. 어머니는 암탉이 헛간에 낳은 계란을 쌀독에 파묻어 숨겨두었다가 지단을 부쳤다. 하얗고 노란 지단을 부치는 그 고소한 냄새에 입 안에 침이 절로 고였다. 그 바쁜 와중에도 5일장에라도 다녀왔는지 분홍색 소시지까지 있었다. 도마 한 귀퉁이에 썰어둔 치자 물을 들인 단무지의 노란 빛깔이 선명하고 환했다.

소풍을 간다는 희망에 보름달처럼 마음이 부풀어 있던 나는 부엌 한 귀퉁이에 쪼그리고 앉아 부산하게 움직이는 어머니를 쳐다보았다. 새벽밥을 커다란 무쇠 솥에 앉혀놓고 아궁이에 불을 지피며 매운 연기에 눈가를 자주 훔치던 어머니. 아! 어머니.

퇴근을 한 나는 지윤이의 손을 잡고 할인 마트에 들렀다. 아이는 아빠와 나온 것이 신나는지 연신 새처럼 조잘거린다.

시금치를 한 단 사고 김, 단무지, 계란, 맛살, 어묵, 햄과 당근을 샀다. 귤과 과자 몇 봉지와 음료수를 사고 장보기를 대충 끝냈다.

지윤이는 소풍을 위하여 아빠와 장을 보는 것만으로도 행복한지 연신 웃음을 터뜨렸다.

"아빠! 내일 일찍 깨워줘. 알았징?"

지윤이가 이불 속에서 새까만 눈을 깜빡이며 말한다. 손도장까지 꼭 찍어놓고서야 안심이 되는지 잠이 든다.

나도 처음으로 아이의 김밥 도시락을 위하여 핸드폰의 알람을 새벽 다섯 시에 맞추어 놓고 잠자리에 든다. 내일의 소풍을 기다리는 30년 전의 어린 소년 하나가 내 안에서 같이 잠이 든다.

아기를 업은 딸과 늙은 아버지가 허름한 김밥집으로 들어가는 것을 보았습니다. 아버지 살아계실 때 맛난 것 한번 사드리지 못했습니다. 아버지 가시고 혼자 남아 적적한 어머니. 제가 김밥 싸가지고 갈 테니 소풍 가기로 해요. 어머니, 당신이 싸주시던 김밥이 세상에서 가장 맛있는 김밥이었습니다.

악마에게 준
무지개빛 구슬

러시아의 어느 마을에 아주 가난한 농부가 있었
다. 허영심이 많은 농부의 아내는 이웃집의 여자는 남편이 보석 목
걸이를 사주었다고, 가죽 구두를 사주었다고 농부에게 바가지를 날
마다 긁었다.

아껴둔 돈 몇 푼으로 아내에게 구두를 사준 농부는 밭으로 나가
면서 한숨을 내쉬었다. 그는 너무나 가난했기 때문에 변변한 옷 한
벌도 없어 누덕누덕 기운 옷을 입고 다녔다.

농부는 밭을 갈다가 구리로 만든 호리병을 흙 속에서 캐내었다.
그가 뚜껑을 열자마자 호리병 속에서는 아주 작은 악마가 튀어나왔
다. 가난한 농부는 놀라서 엉덩방아를 찧고 말았다. 머리에서 발끝
까지 온몸이 새까만 그 악마는 가난한 농부에게 말했다.

"으하하 하하. 나를 구해준 놈이 바로 너냐? 나는 하느님에게 벌을 받아 5백 년 동안이나 이 호리병 속에 갇혀 있었다. 자, 소원을 한 가지 말하면 그 소원을 들어주도록 하겠다. 하지만, 너는 나에게 주어야 하는 것이 한 가지 있다."

"무슨 소원이든지 다 들어주신단 말씀입니까?"

"나는 지금까지 이 세상에 악을 퍼뜨리는 것을 낙으로 알고 살아왔다. 이 호리병 속에 갇혀 얼마나 심심했는지 모른다. 나를 그 심심한 지옥에서 구해줬는데, 나도 너의 소원을 들어주고 싶구나."

"저를 이 마을에서 가장 큰 부자로 만들어 주십시오."

"그쯤이야 식은 죽 먹기지. 당장 너의 소원을 들어주겠다. 대신 너는 나에게 내놓아야 할 것이 있다."

"부자가 되게만 해주신다면야 무엇이든지 다 드리겠습니다."

"나에게 감동하는 마음을 내 놓아라."

"예? 감동하는 마음을 내놓으라고요?"

"그렇다. 감동할 줄 아는 마음을 내놓는다면 나는 너를 이 마을에서 제일가는 부자로 만들어주마."

돈도 안 되고 빵도 안 되는 쓸모없는 감동을 달라고 하다니 농부는 어안이 벙벙했다. 악마가 변덕을 부릴까 봐 그는 얼른 대답했다.

"네, 당장 그렇게 해주십시오."

"다시 한 번 더 기회를 주겠노라. 정말 바꾸겠느냐?"

"네, 제발 저를 부자로 만들어 주시고, 아무짝에도 쓸모없는 감동하는 마음을 가져가십시오."

악마는 미소를 지으며 그에게 이상한 주문을 걸었다. 그와 동시에 그의 가슴속에서 희미한 연기 같은 것이 빠져나왔다. 악마는 농부의 가슴속에서 나온 연기로 무지갯빛 구슬을 만들더니 흐뭇한 웃음을 지었다.

가난한 농부의 발밑에는 커다란 자루가 하나 놓여져 있었다. 농부가 자루를 열어보자 자루 속에는 온갖 진귀한 보물들이 가득 들어 있었다. 그런데 아무런 느낌이 들지 않는 것이 이상했다. 세상을 다 얻은 듯한 행복한 기분을 맛보려 했으나 그런 기분이 느껴지지 않았다.

무표정한 얼굴로 집으로 돌아온 그는 보물 자루를 아내에게 내보였다. 아내는 뛸 듯이 기뻐했지만 그의 마음은 나무토막처럼 아무런 기분도 느낄 수 없었다.

아무리 기쁨을 느껴보려고 했지만 기쁨을 느낄 수가 없어서 그는 당장 마을에서 제일 멋진 집을 사들였다. 값비싼 가구들을 사들여 집을 장식하고 비싼 옷을 사 입어보았지만 기분은 달라지지 않았다. 가슴속에 커다란 웅덩이 하나가 생긴 것 같았다.

그는 마을 사람들을 불러 잔치를 크게 벌였다. 마을 사람들이 입이 닳도록 그 농부에게 아첨을 하고 칭찬을 했지만 농부는 즐겁지 않았다. 온갖 보석으로 치장을 한 아내가 그에게 다가와 맛있는 음식을 권했지만 맛을 전혀 느낄 수가 없었다. 힘든 노동을 마치고 나서 먹었던 마르고 딱딱한 빵과 우유 한 잔을 마실 때의 행복한 기분을 느낄 수가 없었다.

그는 자신의 가슴속에 뚫려있는 커다란 구멍을 무표정하게 들여다보았다. 악마가 손에 들고 흐뭇하게 미소를 짓던 무지갯빛 구슬이 떠올랐다. 휑하니 뚫려있는 구멍은 무지갯빛 구슬이 있던 자리였다. 그는 가슴속에 뚫린, 감동이 빠져나간 자리를 오래도록 들여다보았다. 구멍 속으로 바람이 들어갔다가 빠져나오는 소리가 들렸다.

마음이 거기 있지 아니하면 보아도 보이지 않고 들어도 들리지 않고, 먹어도 그 맛을 모른다고 했습니다. 하루의 힘든 노동을 마치고 땀을 닦으며 쳐다보는 저녁 노을의 아름다움에 감동할 수 있다면 그는 참으로 행복한 사람입니다. 아주 작고 사소한 것에 아이처럼 감동하는 습관을 어른들은 어디에 떨어뜨리고 왔을까요.

오리를 키우는 할아버지

초등학교 3학년인 정민이가 사는 아파트에는 더러운 음식 찌꺼기를 통에 담아가는 할아버지가 있었다. 악취가 풍기는 저 음식 쓰레기를 가져다가 무엇에 쓰시려고 저러나 싶어 정민이는 할아버지를 한참 바라보았다. 할아버지는 제법 큰 플라스틱 통에 음식 쓰레기를 잔뜩 담아서 아파트를 빠져나갔다.

그 이후로도 할아버지를 종종 마주치곤 했는데 그때마다 음식물 찌꺼기를 담고 있었다. 할아버지가 음식물 찌꺼기를 담고 있는 동안 사람들이 코를 싸쥐고 지나갔다.

"할아버지, 그 음식 찌꺼기 뭐 하실 거예요?"

"내가 먹으려고."

"엥?"

정민이는 놀라서 눈이 화등잔만 해졌다. 저 더러운 음식 찌꺼기를 먹는다니 말이다. 할아버지께서 허허 웃으셨다.

"그게 아니라, 내가 이 음식 찌꺼기로 오리를 키운단다."

"오리를요? 어디서 키우는데요?"

"저쪽 할인점 근처에 있는 다리 밑에서 키운단다."

정민이는 이상해서 고개를 갸웃거렸다. 어떻게 다리 밑에서 오리를 키울 수가 있을까?

정민이네 아파트 앞에는 아직도 맑은 개천이 있고 하천부지를 개간해 사람들이 농사를 짓고 있다. 노인들은 집에서 나오는 음식물 쓰레기를 흙과 잡초와 섞어 거름으로 만들어 옥수수, 고구마, 상추, 고추, 방울토마토를 요술처럼 키워냈다.

시골에서 자란 엄마는 저녁 무렵이면 정민이의 손을 잡고 들판을 돌아다니며 들꽃들의 이름을 가르쳐 주곤 했다. 명아주, 질경이, 개망초, 쑥갓꽃의 이름을 가르쳐주는 엄마의 표정은 무척 행복해 보였다. 엄마도 노인회장 할아버지에게서 조그만 텃밭을 분양받아 상추를 키우고 있었다.

"정민아, 네가 어른이 되어도 이 꿈결처럼 아름다운 들판을 기억할 수 있도록 해주고 싶구나. 들꽃들이 별처럼 아련하게 피어있는 이 들판을 말이다. 네가 자라면 알게 될 거야. 맑은 개울물과 들판을 바라볼 수 있다는 것이 얼마나 큰 축복인지……."

그때 정민이의 눈에 개울가에서 헤엄치고 있는 오리 떼가 눈에
띄었다.

"엄마, 저기 오리 좀 보세요."

정민이는 개울가에서 헤엄치고 있는 오리를 가리켰다.

"어머! 어쩌면 이 도시에 오리가 다 있네."

정민이는 안데르센 동화에서 본 미운오리새끼가 저 오리 가운데
한 마리쯤 있을지도 모르겠다고 생각했다.

언제부터인가 하천부지 옆의 개천에는 스무 마리쯤 되는 오리 떼
가 한가로이 헤엄을 치곤했다. 도시에서는 상상할 수 없는 풍경이
었다.

개천을 가로지르는 다리 아래에서 오리와 닭들이 어울려 모이를
주워 먹고 있었다. 정민이네 아파트에서 음식 쓰레기를 통에 담아
가던 그 할아버지가 오리에게 먹이를 주고 있었다. 음식물 수거함
에서 담아간 음식 찌꺼기를 오리들은 맛있게 먹었다. 할아버지는
다리 난간을 잡고 오리를 구경하고 있는 아이들을 향해 사람 좋은
웃음을 선물처럼 보내주셨다.

슈퍼에 들른 정민이가 초코파이 두 개를 사서 주머니에 넣고 집

으로 오는 길이었다. 오리를 키우는 할아버지가
음식 쓰레기를 통에 퍼 담고 있었다.

"할아버지, 안녕하세요?"

"오냐, 그래. 내가 너를 만나면 주려고 했는데."

할아버지가 주머니에서 뭔가를 꺼내셨다.

"어! 이거 알 아니에요?"

"그래, 오리 알이란다. 너한테 주고 싶어서 갖고 왔단다. 이 음식 찌꺼기를 먹고 고맙게도 오리가 이 알을 낳아 준 거란다."

"우와! 할아버지 정말 고마워요."

오리 알은 계란보다 훨씬 컸다. 정민이는 처음 만져보는 오리 알이 신기해서 엄마에게 자랑하고 싶었다. 남들이 더럽다고 거들떠보지도 않는 음식물 쓰레기를 가져가서 오리를 키우는 할아버지가 정민이의 눈에는 불빛처럼 환하게 보였다.

정민이가 파카 주머니에서 초코파이 한 개를 꺼내 내밀자 할아버지의 주름 가득한 얼굴에 웃음이 환하게 피어올랐다.

아무도 거들떠보지 않는 음식물 찌꺼기를 가져다가 오리를 키우는 할아버지께서 인간과 자연이 공존할 수 있는 길을 가르쳐 주시는군요. 우리가 조금만 덜 쓰고 덜 버린다면 10년 후에도 100년 후에도 도시의 개울가에 오리가 헤엄치지 않을까요?

다리 위에서 만난
두 남자

      황 노인은 100억이나 되는 막대한 재산을 소유했던 적이 있었다.

그는 어렵게 자수성가한 사람이었고, 늘 바빴기 때문에 가정을 돌볼 겨를이 없었다. 아내에게 맛있는 음식도 비싼 옷 한 벌도 사주지 않고 아주 절약해서 부를 일군 사람이었다. 아내는 불평 한마디 하지 않고 자식들을 잘 교육시켜 명문대로 진학시켰고 살림을 잘 살아냈다.

그는 69세가 되던 해 모든 사업에서 손을 떼고 이제는 고생한 아내를 위해 살겠다고 결심했다. 그러나 그때 이미 아내는 심한 당뇨와 녹내장으로 고생을 하고 있었다. 아내는 남편에게 조금이라도 짐이 되기 싫어서인지 자신의 병에 대해 남편에게 가타부타 한마디

엄살도 늘어놓지 않았다. 아내의 병이 몹시 위중하다는 것을 알아채고 그는 백방으로 노력을 기울여 보았으나 아내의 병은 그의 막대한 재산으로도 고칠 수가 없었다. 아내는 1년 정도 힘든 투병 생활을 하다가 세상을 떠나고 말았다.

아내가 갑작스럽게 떠나가자 그는 생의 의욕을 잃고 말았다. 엎친 데 덮친 격으로 자식들도 그의 속을 썩이기 시작했다.

자식들은 하나같이 아버지의 재산을 믿고 회사 생활을 진득하게 하지 못하고 걸핏하면 때려치우기 일쑤였다. 회사를 때려치운 자식들은 이것저것 사업을 한다는 핑계로 아버지에게 달려와 손을 벌리기 시작했다.

자식들에게 사흘이 멀다 하고 돈을 뜯기다보니 전혀 줄어들 것 같지 않았던 재산도 이제는 몇 년 사이에 5억밖에 남지 않게 되었다. 하지만 자식들은 아직도 아버지에게서는 무한대로 돈이 나올 줄 알고 조르고 또 졸라댔다.

자식들의 등쌀에 살고 싶다는 모든 의욕을 잃어버린 황 노인은 죽음을 결심했다. 한강에서 몸을 던질 결심을 하고 황 노인은 어둠이 내린 한강 다리 한가운데를 향하여 터벅터벅 걷고 있었다. 바람이 쌀쌀했지만 황 노인은 옷깃도 여미지 않았다.

황 노인이 나리의 중간쯤 갔을 때, 다리 난간에 누군가가 걸터앉아 술을 마시고 있는 것이 어렴풋하게 보였다. 갑자기 술이라도 한

잔 얻어 마시고 싶다는 생각이 들었다. 죽기로 결심한 마당에 술이라니, 어처구니가 없다는 생각이 들었지만 황 노인은 그 남자에게 다가가 말을 붙였다.

"젊은이, 나도 술 한잔 주시우."

남자가 게슴츠레한 눈빛으로 황 노인을 쳐다보았다.

"아이구, 할아버지, 이 야심한 밤에 뭐 하시려고 나오셨어요. 혹시 저처럼 자살하려고 나오신 겁니까?"

황 노인은 어이가 없어서 헛웃음을 웃었다. 저승길에 동행이 생겨 덜 심심하겠다는 생각이 들기까지 했다.

남자가 황 노인에게 술병을 내밀었다. 황 노인은 남자가 내미는 술병을 받아들고 벌컥벌컥 들이켰다. 식도를 타고 내려가는 소주가 목구멍에 불을 지피는 것만 같았다.

황 노인은 남자를 물끄러미 쳐다보았다. 남자는 자기의 맏아들과 비슷한 또래로 보였다. 묻지도 않았는데 남자가 술기운을 빌어 신세타령을 늘어놓기 시작했다.

성공가도를 달릴 때에는 그의 주변에는 많은 사람들이 북적거렸다. 그는 가는 곳마다 환영을 받았으며 가족들도 그를 자랑스러워했다. 하지만 그가 사업이 망해 부도를 내고 감옥에 갔다 오자 모두들 그를 모른 체하였다. 심지어 가족들마저 그를 외면하였다. 그는 절망한 나머지 죽을 결심을 하고 한강 다리로 나온 것이었다.

황 노인은 느닷없이 웃음이 터져 나오는 것을 참을 수가 없었다. 한 사람은 돈이 없어서 자살을 결심하고 한 사람은 너무 많은 돈 때문에 자식들에게 시달려 죽을 결심을 하는 요지경이라니.

황 노인은 자기는 죽을 때 죽더라도 젊은 사람이 삶을 포기하는 것이 안타깝게 느껴졌다.

"이보게, 젊은이. 어디 가서 한잔 더 할 생각은 없는가? 먹고 죽은 귀신은 때깔도 좋다는데, 우리 죽는 거 잠시만 미루고 좋은 데 가서 한잔 더 하세나. 내가 한잔 사겠네."

술에 잔뜩 취한 남자가 뜨악한 표정을 하고 황 노인을 쳐다보았다.

멀리서 경찰차의 사이렌 소리가 들려왔다. 노인은 술에 취한 남자를 부축해 일으켰다. 남자가 노인의 야윈 어깨에 몸을 기대었다. 두 사람 다 참으로 오랜만에 느껴보는 사람의 따스한 체온이었다.

막대한 재산을 가진 사람은 때로 불행하고 보통의 재물밖에 없는 사람은 행복하다고 누군가는 말했습니다. 추운 한강 다리에 앉아 신세 한탄을 하며 소주를 마시는 두 남자, 돈 때문에 생에서 가장 중요한 것을 놓쳐버린 불행한 한 노인과 중년의 남자. 삶 쪽으로 조심스럽게 발을 내딛습니다.

손 이야기

손1: 아까 너랑 악수했을 때 돈 냄새가 너무 나더라. 정말 싫었어. 너의 주인은 뭐하는 사람이니?

손2: 너한테서는 좋은 흙냄새가 나던데. 우리 주인은 사채업자야. 하루라도 이자를 안 내는 사람이 있으면 그 사람의 멱살을 쥐고 흔들곤 해. 멱살을 쥐고 흔들 때 입에서 더러운 침이 얼마나 튀는지. 아마 세상의 모든 돈을 다 긁어모으고 싶은가 봐.

손3: 참 안됐다. 내 주인은 아이를 다섯 명이나 키워. 내가 제일 좋아하는 것은 내 주인이 아이들이 먹을 간식을 만들어 주거나 아이들을 씻겨주거나 아이들의 볼을 쓰다듬어 주는 것이야. 그때가 가장 행복해.

손5: 나는 종일 공장에서 드릴로 구멍 뚫는 일만 했어. 왜 손들

중에는 주인을 잘 만나, 손에 물 한 방울 안 묻히는 손도 있는데, 왜 나는 손가락이 기계에 딸려 들어갈까 봐 늘 전전긍긍해야 하는지 모르겠어.

손1: 힘내! 그래도 네 덕분에 가족들이 먹고 살고 있잖아. 너는 세상에서 제일 멋진 손이야. 식구들을 내팽개치는 손도 있는데, 아마 식구들이 이 상처 난 손을 보고 다들 고마워할 거야.

손4: 난 오늘 마음이 너무 아파. 난 그리고 싶지 않았는데 내 주인이 나를 번쩍 들어서 그토록 사랑하던 그녀의 뺨을 힘껏 때려버린 거 있지. 그녀가 다른 남자를 만난다는 것을 알게 된 거지. 그러고는 돌아서서 주먹을 불끈 쥐더니 그 옆에 서 있는 전봇대를 쾅쾅 치는 거야. 아, 지금도 아파 죽겠어. 이것 봐, 멍든 거.

손1: 정말 안됐다. 우리 손들이 좋아하는 건, 사랑하는 사람을 껴안아주는 거, 식물을 가꾸는 거, 누군가에게 내가 가진 것을 나누어주는 거, 그리고 잘 가라고 안 보일 때까지 손을 흔들어주는 거, 사랑하는 가족들을 위해 하루 종일 일을 하는 거, 칭찬의 박수를 쳐주는 거라는 걸 주인들은 모르나 봐.

손4: 맞아! 주인들은 왜 우리 생각을 하나도 안 하는지 모르겠어. 우리가 뭘 원하는지 하나도 몰라. 우리를 가지고 누구를 때린다든가 남의 물건을 빼앗거나 무기를 만드는 짓을 하지 말았으면 좋겠어. 아름다운 그림을 그린다든가 편지를 쓰는 데 손을 사용하면 좋

을 텐데 말이야. 나도 그
녀를 위해 편지를 쓰던 순
간이 있었는데.

손2: 난 우리 주인이 돈을 그
만 움켜쥐었으면 좋겠어. 어차
피 죽으면 빈손으로 갈 건데 왜 그러나 몰라. 난
꿈이 하나 있거든. 아주 가난한 동네의 높은 굴뚝
위에 올라가서 주인이 가진 그 많은 돈들을 공중에 눈
처럼 흩뿌려 봤으면 좋겠어.

손3: 넌 역시, 돈 빼고는 말이 안 되는구나.

손1: 난 이 세상 모든 손의 주인들은 우리들을 사용한 값으로
전부, 나무 한 그루씩을 심어야 한다고 생각해.

손2, 3: 그건 왜?

손4: 왜 하필이면 나무야?

손1: 인간은 가장 축복받은 손으로 가장 많은 죄를 짓고 있어.
지구의 모든 것들을 가장 많이 사용하고 쓰레기만 만들어내니
까. 이렇게 쓰고 버리면 지구는 나무 한 그루도 없는 쓰레기 사
막으로 변할 거야. 다음 세상에 오는 손들이 과일 하나라도 딸
수 있게, 나뭇잎의 촉감이라도 느껴볼 수 있게 나무 한 그루
씩 심어야 한다는 거지.

손3: 우와, 시골에 농사지으러 들어간 지 10년 만에 많이 변했네. 어디 보자, 정말 농부의 손이 다 됐구먼. 정말 멋진 손이야. 이 검게 그을은 손이 황금손으로 보이는데.

손5: 손으로 지은 죄를 손으로 갚자는 거네?

손4: 맞아. 세상의 모든 손들이 나무 한 그루씩만 심고 가꾼다면 세상이 지금보다는 훨씬 살만해질 텐데…….

 찢어진 고무장갑 한 켤레를 보면 상처 입은 손이 떠오릅니다. 새하얗고 고운 손들을 위하여 많은 손들이 거친 좌판 위에서 거리에서 찢기고 갈라터지고 때로는 칼에 베이기도 합니다. 세상의 상처 입고 수고로운 손들 덕분에 우리는 이만큼 살아가고 있습니다.

오늘이 내 생의
마지막 날이라면

 보고 싶은 당신에게

당신에게 편지를 쓰는 것도 몇 년 만이네요. 내일이면 당신이 오시는 날이군요.

어제 당신이 전화를 했을 때 나는 전화를 차갑게 끊어버렸지요. 전화를 끊고 문득 불길한 생각을 했습니다. 혹시 당신의 그 전화가 마지막일 수도 있다면 나는 그렇게 전화를 끊지는 않았을 텐데. 내 마음은 그런 게 아니었는데, 무엇으로 내 미안한 마음을 전할 수 있을까요.

당신, 오늘이 내 생의 마지막 날이라면, 이런 생각을 해보신 적이 있나요. 뜬금없이 왜 이런 말을 하느냐면 정 선생님의 말씀 때문입니다. 우리 집 근처로 이사 오신 옛날 중학교 때 제 담임선생님 말이에요.

오늘 그 선생님의 병문안을 다녀왔어요. 선생님께서 새벽기도에 나가시다가 사고를 당해 뇌수술을 하셨다는 소식을 듣고 병문안을 갔습니다.

왜 교회에 가는데 하나님이 지켜주시지 않느냐고, 사고를 당하게 만드느냐고 철없는 말이나 늘어놓는 저에게 선생님께서는 오히려 감사하다고 했습니다. 왜 이런 일이 생겼는지 하고 원망하거나 하시지 않았습니다. 하마터면 죽을 뻔했는데 살아났으니 로또복권에 당첨된 것보다 더 기쁘다고 하셨어요. 죽음의 문턱까지 가보았던 분의 말씀이어서 예사롭게 들리지 않았어요.

머리에 붕대를 친친 감으신 선생님께서 나에게 오늘이 생의 마지막 날이라면 무엇을 할 거냐고 하시기에 그랬어요, 아무 생각도 나지 않을 것 같다고요. 미친 듯이 울부짖으며 살고 싶다고 하거나 공황 상태에 빠질 게 분명할 거라고 말씀드렸지요.

아, 그런데 생각해 보니 또 다른 내가 있어 그 광경을 본다면 어떤 기분일까요? 정말이지 오늘이 내 생의 마지막 날이라면, 나는 그렇게 울부짖으며 절망적으로 남은 순간들을, 가장 소중한 하루를 보내고 싶진 않겠지요.

오늘이 내 생의 마지막 날이라면, 이렇게 생각만으로도 가슴이 아려오고 절실하고 아깝지 않은 게 없습니다. 선생님을 만나고 오기 전만 하더라도 내 속에 당신을 원망하고 미워하고 삶을 불평하는 마음만 가득 차 있었습니다. 그런데 선생님을 뵙고 나오면서 한없이 삶이 경건해지고 목이 멜 정도로 당신이 보고 싶은 것은 왜일까요? 그래요, 마지막이라는 그 말 때문이었겠지요.

병실에서 나오는데 선생님께서 말씀하셨어요. 매일매일을 생의 마지막인 듯이, 아껴먹는 사탕처럼 소중하게 살라고 하셨어요.

선생님의 말씀 때문이었을까요. 집으로 돌아와서 당신에게 이메일을 쓰자고 마음먹었습니다. 당신과 한동안 냉전 상태였지요. 출장 가는 당신에게 나는 잘 다녀오란 말도 하지 않았습니다. 평소의 나 같으면 당신이 먼저 사과해 오기만을 기다렸겠지요. 일주일이고 보름이고 한 달이고 그렇게 말이에요.

오늘이 내 생의 마지막 날이라면, 나에게 아직 말할 기운이 남아 있다면, 팔에 힘이라도 남아 있다면 사랑했던 사람들을 한 번만 더 안아보고 사랑한다고 말하고 싶어요. 손을 잡아보고 사랑하는 이들과 눈을 맞추고 싶어요. 오, 얼마나 안타깝고 소중한 순간인가요.

내게 조금이라도 시간이 허락된다면 내가 가슴 아프게 만들었던 사람들에게 전화를 해서 미안하다고 사과하고 싶어요. 그리고 내 마음을 아프게 만들었던 사람들에게 많이 미워해서 미안하다고 말해주고 싶어요.

그리고 저 찬란한 햇빛을, 흔들리는 나뭇잎을 조금만 더 보고 싶어요. 담담하게 미소 지으며 내 사랑했던 사람들 덕분에 행복했다고, 고마웠다고 말하고 싶어요.

오, 이 세상은, 내가 만난 사람들은 얼마나 아름다웠는지요. 오늘이 내 생의 마지막 날이라면 나는 참 행복한 사람이었다고 남은 사람들에게 말하고 싶어요.

오늘이 내 생의 마지막 날이라면, 그 무엇보다 당신과 온전히 하루를 보내고 싶어요. 빨래도 설거지도 청소도 공과금 납부도 미뤄두고 당신의 손을 꼭 잡아보고 싶어요. 당신과 처음인 듯 눈을 맞추고 싶어요. 당신과 보낼 수 있는 모든 순간들이 아껴먹는 사탕처럼 소중하다는 것을, 축복이라는 것을 이제야 처음으로 알았어요.

그래요, 매일매일이 생의 마지막 날처럼 특별한 날들이에요. 오늘이 내 생의 마지막 날인 것처럼 당신이 보고 싶어요. 미안해요…… 그리고 사랑해요.

＊ 당신의 아내로부터

지금 내 곁에 있는 사람에게 사랑한다고 고맙다고 괜찮다고 미안하다고 행복하다고 말해주세요. 오늘 하루는 내 생의 마지막 날처럼 가장 중요하고 특별한 하루입니다. 매일매일이 가장 특별하고 소중한 날들입니다.